세간에
들불 되다

제10권

이 윤 옥 시집

도서출판 얼레빗

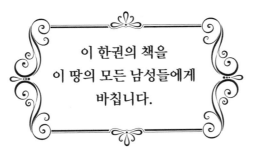

이 한권의 책을
이 땅의 모든 남성들에게
바칩니다.

머리말

즈믄 해 이어져온 해동성국의 넋 / 우수리스크 수이펀의 / 젖줄로 흐르는 곳 물돌이 굽이굽이 / 세월의 한도 굽이굽이 멈추는 / 임 계신 곳 / 홀연히 바람결에 들려오는 / 한줄기 만파식적 / 임께서 불어주는 대한의 찬가 / 임이여! 오래도록 지켜주소서 / 찬란한 촛불이 꺼지지 않는 / 대한의 넋으로 남아주소서.

이는 1907년 헤이그 특사로 활약했던 독립투사 보재(溥齋) 이상설(李相卨, 1870 ~ 1917) 선생을 기리며 글쓴이가 지은 시다. 2018년 10월 25일, 글쓴이는 수이펀강(綏芬河)이 흐르는 러시아 우수리스크 이상설 유허비 앞에서 고개를 숙였다. 선생의 유허비가 있는 이곳은 옛 발해땅 솔빈부가 있던 지역으로 유허비 앞으로 수이펀강이 흐른다. 수이펀강은 중국 길림성 북동부에서 발원하여 러시아 우수리스크를 거쳐 멀리는 우리나라의 동해로 흘러가는 물줄기다. 쉬지 않고 흐르는 강물을 바라다보면서 "동지들은 합세하여 조국광복을 기필코 이룩하라. 나는 조국광복을 이루지 못하고 이 세상을 떠나니 어찌 고혼인들 조국에 돌아갈 수 있으랴. 내 몸과 유품은 모두 불태우고 그 재도 바다에 날린 후 제사도 지내지 말라." 라고 단호하게 말했던 이상설 선생이 떠올랐다. 선생은 1917년 3월 2일 48살로 러시아 우수리스크에서 숨지면서 자신의 유해를 화장하도록 유언했다. 선생의 유언에 따라 유해는 이곳 강가에 뿌려졌고 이 자리에는 선생의 업적을 기리는 돌비석만이 유유히 흐르는 수이편 강물을 바라다보고 있었다. 쉼 없이 흐르는 저 강물은 동해로 돌아든다는데 선생은 어찌하여 끝내 고국으로 돌아가지 못하고 그곳 강가에 유허비로만 남아계신가 싶어 눈시울이 뜨거워졌던 기억이 새롭다.

러시아 블라디보스톡의 하바롭스크, 우스리스크 일대는 일제강점기 한인들이 집단으로 살면서 독립운동을 하던 곳이다. 이동휘 선생의 두 따님인 여성독립운동가 이인순 (1893 ~ 1919), 이의순 (1895 ~ 1945) 지사도 아무르바다가 내려다보이는 아무르스카야 언덕의 신한촌에서 독립의지를 불태웠다. 한때 1만 명 이상의 한인들이 둥지를 틀었던 '신한촌' 이 있던 자리는 모두 헐려버렸고 지금은 러시아인들이 사는 대단위 아파트촌으로 바뀌었다. 그 시절 흔적은 없지만 그 땅에서 울고 웃으며 조국 독립에의 열정을 불태웠던 선열들을 떠올리며 아파트촌을 걸어보았다. 한 번도 만난 적이 없는 분들이지만 독립운동으로 날을 지새웠을 선열들의 삶을 떠올리면 그곳이 어디건 간에 격한 감정이 샘솟고 눈에서는 눈물이 흐른다. 이것은 비단 글쓴이만의 감정만은 아닐 것이다.

이러한 느낌은 특히 독립운동가의 발자취를 찾아 나라밖으로 떠났을 때 더욱 강렬하다. 먹을 것, 입을 것, 잠자리, 언어 등 어느 한 가지 편하지 않았을 그 시절, 오로지 일념으로 일제강점기를 살아냈던 선열들을 찾아 떠난 발걸음이 올해로 10년째를 맞이한다. 독립운동에 구태여 여자와 남자를 가릴 것이 무어냐는 사람들이 있겠지만 글쓴이는 지난 10여 년 동안 여성독립운동가들의 발자취에 집중했다. 그동안 여성독립운동가들이 수면 위로 떠오르지 않았기 때문이다. '왜 이런 일을 하느냐?'고 '언제부터 이런 일을 해왔냐?'고 묻는 사람들이 있다. 여성독립운동가를 기리는 시집 《서간도에 들꽃 피다》 10권을 마무리하는 이 마당에 고백하자면 사연은 길다.

여성독립운동가들과의 인연은 일본어 전공과 관련이 있으니 길게 잡으면 40년 전이요, 짧게 잡아도 20년은 된 이야기다. 글쓴이는 한국외대 연수평가원 교수 시절인 1997년부터 일본 와세다대학 학생들과 교류를 시작했다. 그 때문에 해마다 1년에 서너 번씩 도쿄를 드나들었고 당시 도쿄YMCA 학생들과도 교류를 시작했다. 도쿄YMCA는 알려진 대로 도쿄 2·8독립선언이 있던 곳이다. 중요한 것은 그 무렵 도쿄 2·8독립선언 때 김마리아, 황에스더, 차경신과 같은 여성들이 관여했다는 사실을 안 것이다. 그 뒤 2000년 3월부터 2001년 2월 말 까지 1년 동안 와세다대학에 방문학자(객원연구원)로 나가 있으면서 여성독립운동가에 대한 일본 쪽 자료를 찾아볼 기회가 있었다. 하지만 국내에 '여성독립운동가 전체를 아우르는 대중 서적 한 권이 없다'는 사실을 알고 충격을 받았다. 일제침략이라는 쓰라린 역사를 가진 겨레의 후예로서, 참을 수 없는 현실 앞에 팔을 걷어붙이기로 작정을 했다. 그렇게 시작한 작업은 집필기간만 꼬박 10년의 시간이 걸렸다.

자료 준비를 위해 여성독립운동가의 흔적이 있는 곳이면 그

곳이 어디건 달려갔다. 가장 긴 여정이라면 2010년 1월에 답사를 마친 임시정부 26년의 노정이다. 상해에서 중경까지 6천 킬로 여정에 이어 그해 8월 국치(國恥) 100년을 맞아 조선인 강제연행 길을 답사한 부산에서 시모노세키를 거쳐 기타큐슈의 치쿠호탄광 일대와 도쿄 아라카와 강변의 조선인 학살 현장까지의 여정도 길고 고단했다. 이르는 곳마다 선열들의 핏자국이 낭자했으며 땀과 눈물이 흥건했던 기억은 평생 잊을 수 없다.

더욱 잊히지 않는 것은, "나도 화장을 했으면 예뻤을 거야, 우리가 나라를 되찾기 위해 독립운동했던 것을 잊지 말아주세요"라며 글쓴이의 손을 꼭 잡아주었던 이병희 (1918.1.14.~2012.8.2.) 지사와의 만남이다. 다른 것은 기록 못하더라도 여성독립운동가들이 피땀 흘리며 이룩한 독립운동 이야기는 꼭 기록으로 남겨야겠다고 다짐한 지난 10여년의 집필기간은 글쓴이에게도 힘들고 고통스러웠다. 특히 '헌시(獻詩)'로 표현되어야 하는 여성독립운동가 한 분 한분의 삶을 기록하는 작업은 늘 긴장의 연속이었다. 그렇게 걸어온 길이었지만 우리 사회는 독립운동가에게 바치는 시 한편을 헌신짝처럼 취급했다. 모든 경비를 자비로 해결해야하는 어려운 처지에서 혹시나 지원의 길이 있을까 싶어 살펴보니 각종 문헌지원 응모 기준에 '시집은 불가' 딱지를 붙이고 있어 그 어떤 혜택도 받지 못한 채 〈10권〉의 인쇄비를 마련해야하는 길이 가장 힘들었다.

'시로 읽는 여성독립운동가 20인' 책 《서간도에 들꽃 피다》는 말이 시집이지 사실은 역사책이다. 스스로 발로 뛰어 현장 취재로 완성된 생생한 여성독립운동가들의 기록이기 때문이다. 이 책은 전에도 없었고 후에도 나오기 힘든 작업이라고 감히 말하고 싶다. 그 까닭은 행간에서 독자가 깨닫게 되겠지만 열악한 자료가 가장 큰 걸림돌이기에 감히 그 누구도 엄두를 못낼 작업이라고 본다. 그러나 글쓴이는 묵묵히 지난 10년간 집필을 멈추지 않았다.

이제는 이 책을 통해 역사에 묻혔던 여성독립운동가들의 이름을 기억하고 그 얼과 정신을 기억하는 일만 남았다. 3·1만세운동 100돌을 1달 앞 둔 이 시점에서 글쓴이의 바람은 딱 하나다. 글쓴이의 집에 수북하게 재고로 쌓여 있는 여성독립운동가 책들이 날개를 달아 겨레의 가슴 속으로 날아들었으면 하는 것이다.

그동안 〈1〉권부터 〈10권〉까지 책이 나올 수 있도록 십시일반으로 도와준 여러 선생님들께 감사 말씀 올린다. 특히 마지막 〈10권〉 인쇄비를 구하지 못해 쩔쩔매고 있을 때 양인선, 이준영 모자(母子)의 후원으로 책이 세상에 나오게 됨을 이 자리를 빌려 고개 숙여 깊이 감사드린다.

끝으로 《서간도에 들꽃 피다》10권으로 200명의 여성독립운동가를 기리게 됨을 글쓴이 자신도 기쁘고 대견하게 생각하며, 책 출판에 대한 경비 후원이 이뤄진다면 앞으로 20권 (2018년 11월 17일 현재 여성독립운동가 서훈자는 357명이며 이는 진행형이다.)에도 도전해보고 싶은 생각이다.

3·1만세운동 100돌을 한 달 앞둔 날
한뫼골에서 **이윤옥** 씀

차 례 (가나다순)

조선 땅에 뼈를 묻은 일본인

가네코 후미코

죽음보다 더
견디기 어려운
일제만행의 굴욕에 맞서

자유를 갈망하던
조선인 남편 도와
저항의 횃불을 높이 든 임

그 횃불 타오르기 전
제국주의 비수 맞아
스물 셋 꽃다운 나래 접고

조선 땅에 뼈를 묻은
임의 무덤 위로

해마다 봄이면
푸른 잔디
곱게 피어난다네.

가네코 후미코 지사

가네코 후미코
(金子文子, 1903.1.25. ~ 1926.7.23.) 애국지사

　스물세 살, 인생에서 이 나이는 얼마나 아름답고 찬란한 시기던가! 가네코 후미코 지사는 바로 그 스물세 살의 나이로 일본 우쓰노미야형무소(宇都宮刑務所) 도치기지소(栃木支所)에 수감 중 옥중 순국의 길을 걸었다. 독립운동 동지이자 남편인 박열(1902~1974)의 부인으로 산 짧은 삶은 '일제 침략에 항거한 삶'이었기에 더욱 빛난다. 그는 일본인이라고는 하지만 한국인 그 어느 누구보다도 더 열렬한 반일론자요, 항일투사였다.

　가네코 후미코 지사는 1903년 일본 요코하마에서 태어나 유년시절, 조선에 살고 있던 고모집에 보내진다. 7년 동안 고모집에서 보낸 가네코 후미코 지사의 '조선경험'은 훗날 그가 조선에 대한 남다른 애정을 갖게 된 중요한 계기가 되었다. 가네코 후미코 지사는 열일곱 살 되던 1920년 봄, 도쿄로 상경하여 신문팔이, 가루비누 행상, 식모살이, 식당 종업원 등을 전전하며 생활하면서도 학업의 끈을 놓지 않았다. 이때 사회주의자, 무정부주의자들과 만나면서 사회주의사상에 눈뜨기 시작했다.

　특히 조선인 무정부주의자들과의 만남은 가네코 후미코 지사의 사상 형성에 결정적인 역할을 한 것으로 보인다. 조선에서 생활한 경험이 있는 그는 일본 제국주의의 희생물로서 고통 받는 식민지 조선인과 가족제도의 희생물로서 노예처럼 살아온 자신을 동일하게 여기고 그 정점이 천황제라고 인식하여, 천황제에 반기를 들기 시작한다.

　가네코 후미코 지사는 1922년 봄부터 박열 지사와 함께 투쟁 노선에 뛰어 드는데 이 무렵 일본 사상계의 효시로 평가되는 흑도회 기관지 『흑도』 창간호와 2호를 1922년 7월과 8월에 각각 펴냈다. 이어 박열 지사와 함께 무정부주의자 단체인 흑우회를 결성하고 11월에 『후데이센징』을 창간하여 1923년 6월까지 4호를 펴낸다.(3호와 4호는 『현사회』로 이름 바뀜) 또한 1923년 4월에는 동지이자 남편인 박열 지사와 함께 대중 단체인 '불령사'를 조직하여 활동했다.

이 때 가네코 후미코 지사는 자신의 노예적인 삶을 거부하고 모든 것을 걸어 국가와 사회의 모순, 기존의 제도와 대결하면서 치열한 투쟁을 지속해갔다. 그러나 그의 이러한 투사적인 활동은 1923년 9월 1일 관동대지진과 함께 서서히 막을 내린다. 유례없는 대지진이 휩쓴 도쿄에서 9월 3일, 가네코 후미코 지사는 남편 박열과 함께 잡히는데 이들은 이듬해 1924년 초 예심 심문 과정에서 천황을 죽이기 위한 폭탄 입수 계획이 드러나 '대역죄'로 대심원에서 1926년 3월 25일 각각 사형선고를 받는다. 그러나 열흘 뒤 '대사면 은사(恩賜)'에 의해 무기징역으로 감형되었으나 7월 23일, 가네코 후미코 지사는 그만 옥중에서 죽음을 맞이한다.

한편 가네코 후미코 지사의 죽음에 대해서는 공식적으로는 '목매어 죽었다'고 하나 일설에는 '타살 의혹'이 있다는 의혹이 제기되어 왔다. 이러한 주장은 후지와라 레이코(藤原麗子) 씨의 〈문경에서, 2017〉이라는 글에서 당시 가네코 후미코 지사가 임신 중이었는데 스스로 목숨을 끊었다고 보기에는 의문이 따른다는 지적으로도 짐작할 수 있다.

또한 야마다 쇼지(山田昭次) 씨도 『가네코 후미코 : 자신·천황제 국가·조선인(金子文子 : 自己·天皇制国家·朝鮮人)』이란 책에서

"후미코 유족이 자살을 믿을 수 없다고 조사를 요청했으나 간수측의 방해로 사망 경위가 불명인 채로 남아있다."고 증언한 사실에서도 '자살 처리'는 받아들이기 어려운 상황이다. 가네코 후미코 지사의 유해는 옥사한 그해인 1926년 11월 5일, 남편 박열 지사의 선영(경북 문경)에 안장되었으며 2003년 11월 박열의사기념관 옆으로 이장되었다.

한편, 박열 지사는 20여 년 동안의 감옥 생활 끝에 풀려나 1946년 10월 3일 재일본조선거류민단을 결성하여 초대회장을 맡아 활약했다. 이듬해 장의숙과 재혼하여 조국으로 귀환하였으나 1950년 한국전쟁 때 납북되어 1974년 북한에서 숨을 거두었다. 가네코 후미코 지사는 일본인으로 서훈을 받은 두 번째 인물로 첫 번째는 2·8독립선언 때 조선인 유학생 변론을 맡았던 후세 다츠지(2004. 애족장) 변호사이다.

정부에서는 고인의 공훈을 기리어 2018년에 건국훈장 애국장을 추서하였다.

🔍 **더보기**

1. 가네코 후미코의 남편 박열 의사

박열(朴烈, 1902. 2. 3 ~ 1974. 1. 17.) 의사는 경북 문경 출신으로 1919년 경성고등보통학교(현 경기고등학교 전신) 사범과에 진학하였다. 그러나 1919년 3·1만세운동이 일어나자 이에 가담하다가 퇴학을 당했다. 그 길로 박열 의사는 고향 문경으로 돌아오지만 이곳에서도 학우들과 함께 태극기와 격문을 배포하는 등 만세시위운동에 적극 참여하였다. 하지만 더 이상 나라 안에서 독립운동을 펼치기가 어렵다는 판단 아래 1919년 10월 무렵 일본 도쿄로 건너갔다.

▲ 박열 의사

도쿄에서 박열 의사는 신문배달과 날품팔이, 우편배달부, 인력거꾼, 인삼행상 등의 고학생활 속에서도 틈틈이 단기어학 전문학원인 세이소쿠(正則) 영어학교에 다니며 학업에 전념하였다. 그러면서 이 시기에 오스기 사카에, 사카이 토시히코, 이와사 사쿠타로 등 당시의 저명한 일본 사회주의자들을 찾아가 직접 교류하면서 그들의 반제국주의 자유의식과 아나키즘사상에 공감하게 되었다.

박열 의사는 적극적인 항일투쟁을 펼치기 위해 김찬, 조봉암 등 도쿄에 거주하는 고학생들을 모아 의혈단을 조직하였다. 또한 당시 도쿄의 조선인 노동단체였던 조선고학생동우회에서 김약수, 백무, 최갑춘 등과 함께 간부로 활동하였다. 그러던 중, 1922년 2

월 무렵 박열 의사는 평생 동지이자 아내인 가네코 후미코 지사와 운명적으로 만나게 된다. 박열 의사는 1922년 4월, 가네코 후미코 지사를 포함한 정태성 등 동지 16명과 일본 제국주의 타도 및 악질적인 친일파를 응징하기 위하여 무정부주의를 내세워 적극적인 활동을 펼쳤다.

1923년 9월에는 일본 황태자의 결혼식에 참석하는 천황을 비롯하여 황족과 내각총리대신, 조선총독 등을 폭살하려는 계획을 세우고 이의 실현을 위해 폭탄을 구하러 중국 상해로 동지 김중한을 보내는 과정에서 잡혀 들어갔다. 이 사건이 아내 가네코 후미코와 두 사람의 운명을 가르게 하는 원인이 될 줄이야 두 사람도 몰랐을 것이다. 이 사건 곧 천황폭살 계획으로 박열 의사와 가네코 후미코 지사는 1926년 3월, 일본 대심원에서 사형을 선고 받았다. 그러나 박열 의사는 1926년 4월 5일 무기징역으로 감형되어 20여 년간 옥고를 치렀으며 아내 가네코 후미코 지사는 같은 해 7월 23일, 스물세 살의 나이로 형무소에서 생을 마감했다.

광복 뒤 맥아더 정부에 의해 석방된 박열 의사는 신조선건설동맹에 이어 재일본조선인거류민단의 초대단장을 맡았으며, 1949년 영구 귀국했다가 한국전쟁 때 북한군에 의해 납북되고 말았다. 북한에서 박열 의사는 조소앙, 엄항섭 등과 함께 재북평화통일촉진협의회에서 회장으로 활동하면서 군대축소와 국제적 중립국화에 노력하였다. 박열 의사는 1974년 1월 17일 북한에서 72살로 숨졌으며 현재 그의 유해는 평양 애국열사릉에 묻혀 있다.

정부에서는 고인의 공훈을 기리어 1989년에 건국훈장 대통령장을 추서하였다.

2. 일본인으로 첫 번째 서훈을 받은 후세 다츠지 변호사

후세 다츠지(布施辰治 1880 ~ 1953) 변호사는 한평생을 사회적 약자 편에 서서 소외된 이들의 벗이 되어 그들의 손을 잡아주고 법률 변호를 맡아준 사람으로 널리 알려진 인물이다. 특히 일제강점기 일본 땅에서 조선유학생들이 2·8독립선언을 부르짖었을 때 이들의 변론을 맡아 주었을 뿐만 아니라 3·1만세운동 때는 "조선독립운동에 경의를 표한다."는 글을 발표할 정도로 조선과 조선인에 대한 깊은 사랑을 가지고 있었다. 그러한 공로를 높이 사서 한국 정부에서는 2004년 후세 다츠지 변호사에게 일본인 최초로 건국 훈장 애족장을 추서하였다.

후세 다츠지 변호사는 1923년 이후 세 차례에 걸쳐 한국을 방문해 의열단원 김시현(金始顯)의 조선총독부 요인 암살 기도사건, 제1·2차 조선공산당사건 등에 대해 무료 변론을 맡았다. 이 일로 그는 일본에서 3회에 걸쳐 변호사 자격을 박탈당하고, 두 번이나 투옥되는 등 어려움을 겪으면서도 한결같이 조선 사랑의 끈을 놓지 않았다.

"부산발 경성행 열차 안에서 일본인들이 무조건 조선인을 하대(下待)하는 것을 보았다. 기차가 지나가는 역 주변에 있는 근사한 조선가옥은 정말 조선인들을 위한 가옥일까? 경성에 2,3층으로 양옥집들이 들어서고 있지만 과연 그것들이 조선인의 삶과 관계가 있을까?"

1923년 8월 3일치 동아일보 〈신인(新人)의 조선인상(朝鮮印象)〉에서 후세 다츠지 변호사는 이렇게 조선의 인상을 묘사했다. 그 무렵 한다하는 일본인들의 조선방문기에는 경치가 좋으니 평양기생이 예쁘다느니 하고 변죽을 울리는데 견주어 후세 다츠지 변호사의 조선 첫인상은 이처럼 남달랐다. 그는 경성행 열차 안에서 까닭 없이 조선인을 얕잡아 보던 일본인을 목격하면서 식민지 지배국 사람들의 거친 횡포를 피부로 느꼈던 것이다.

▲ 2014년 4월 2일부터 6월 1일까지 일본 도쿄 〈고려박물관〉에서
열린 조선인을 사랑한 '인권변호사 후세 다츠지' 특별전 전단

"조선 땅에서 생산된 농산물이 농업의 개선과 발전을 질적, 양적으로 향상시키더라도 그것이 모두 식민지 본국으로 유출된다면, 조선 무산계급 농민의 생활은 조금도 나아지지 않는다. 오히려 자신들의 피와 땀으로 일구어낸 기름진 쌀과 보리 같은 생산물이 자신들의 배를 채우지 못하고 전부 유출되는 것을 보고 슬픔과 애달픔만이 늘어갈 것이다. 더욱이 수출된 쌀이 돈이 되어 조선 무산계

급 농민에게 되돌아오는 것도 아니다. 그 까닭은 일본인 대지주의 소작지이기 때문이다." 라고 했다.

《어느 변호사의 생애, 후세 다츠지, 이와나미출판, 1963》에서도 후세 다츠지 변호사는 자신의 조국 일본의 포악성에 신음하는 조선의 상황을 가슴 아파했다. 지금도 일본에는 입만 열면 일제가 조선의 농업생산성을 높여주었다고 하는 자들이 많은 상황에서 후세 다츠지 변호사의 시각은 지금 돌아봐도 정확하다. 부끄러운 것은 '식민지근대화론'을 신봉하는 앵무새 한국인 학자들이 아직도 목소리를 높이고 있다는 점이다. 그에 견주면 후세 다츠지 변호사의 조선인식은 시대를 초월한 균형 잡힌 감각이라고 할 수 있다.

신혼의 단꿈을 만세운동과 바꾼
구순화

스물셋 경신학교 처녀선생
시집가던 날
집 안팎을 에워싼
왜경 감시 어찌 따돌렸을까?

임 향한 마음 남기고
상해로 떠난 남편에 뒤질세라
코흘리개 학생들과
부른 독립의 노래

끝내는 왜경에 잡혀
신혼의 단꿈 멀어졌지만
굽히지 않던 그 투지

조국은 기억하리
영원히 기억하리.

구순화 지사

구순화 (具順和, 1896.7.10. ~ 1989.7.31.) 애국지사

구순화 지사는 황해도 신천읍 척서리에서 아버지 구응찬과 어머니 김인복 사이에 2녀 가운데 첫딸로 태어났다. 구순화 지사 아버지는 소지주로 생활은 넉넉한 편이었다. 아버지는 넓은 마당에 야학을 꾸려 가난한 집 아이들을 가르쳤으며 딸에 대한 교육도 게을리 하지 않았다. 구순화 지사는 신천에 있는 경신소학교를 마치고 1914년 평양에 있는 숭의여학교에 진학하여 21살의 나이인 1917년에 졸업했다. 그 뒤 고향 신천으로 돌아가 경신소학교에서 교편을 잡고 있었는데 2년 뒤인 1919년 3월 11일과 12일 신천군 문화면에서 만세운동이 일어났다. 구순화 지사는 경신소학교 학생인 곽영선, 백영서, 전재순 등의 학생에게 태극기를 그리게 하였다.

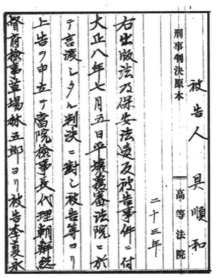

▲ 구순화 지사의 고등법원형사부 판결문(1919.9.11.)

3월 12일 오전 10시, 신천에서 일어난 만세운동에는 김형식 교장 선생이 앞장섰고 구순화 지사도 학생들과 함께 만세운동에 참여하여 '대한독립만세'라고 쓴 깃발을 앞세우고 교문을 빠져나와 마을로 이르는 길까지 큰 목소리로 만세시위를 했다. 이에 앞서 구순화 지사는 김익두 목사의 중매로 오원희 선생과 3월 6일 결혼날짜를 잡아놓은 상태였다. 그러나 서울의 3·1만세운동 소식을 접한 신천의 일본인 형사들은 결혼식 날 사람들이 많이 모일 것을 우려해 계속해서 구순화 지사를 미행하였다. 가까스로 3월 6일 결혼식을 마친 두 사람은 남편 오원희 선생이 곧바로 독립운동을 위해 상해로 떠났고 구순화 지사 홀로 남아 3월 12일 만세운동에 참여하였다.

이 일로 구순화 지사는 일본 헌병에게 잡혀 함께 만세 부른 사람들과 신천경찰서로 잡혀 들어갔다. 이곳에 1주일동안 잡혀있으면서 이들은 한사람씩 불려 들어가 조사를 받았는데 대부분 사람들은 풀려났지만 김형식 교장선생과 구순화 지사 등은 해주감옥으로 넘겨졌고 여기서 미결수로 6개월간 옥고를 치렀다. 그러다가 다시 1919년 9월 11일 평양복심법원에서 이른바 출판법위반과 보안법위반으로 징역 6월형을 선고받아 평양감옥에서 6개월의 옥살이를 하는 등 모두 1년 동안 감옥에서 보내야했다.

구순화 지사는 1919년 3월 12일, 신천의 만세운동을 엿새 앞둔 시점에서 혼례식을 올렸지만 신혼의 단꿈도 누리지 못한 채 남편은 상해로 독립운동을 떠났고 구순화 지사는 1년여를 감옥살이를 해야 했으니 그 심정이 오죽했으랴 싶다. 남편 오원희 선생은 황해도에서 오산학교에 다녔으며 안창호, 이상재 선생을 따라 중국으로 건너가 독립운동을 하고 있을 때 김익두 목사가 신천에 참한 규수가 있다고 중매를 하여 혼례식을 올렸던 것이다.

감옥에서 형기를 마치고 나온 구순화 지사는 남편을 따라 상해에서 가까운 장가화원에서 살았다. 그곳에서 살 때도 남편은 김구 주석과 함께 독립운동을 하느라 한 달여씩 집을 비우곤 했다. 구순화 지사는 오원희 선생과의 사이에 3남 2녀를 두었으며 남편 오원희 선생은 6·25 한국 전쟁 때 공산당에게 총살당했다. 구순화 지사는 1989년 93살로 삶을 마감했으며 숨지기 9년 전인 1980년 무렵, 〈3·1여성동지회〉와의 대담에서 "독립운동을 할 당시에는 상해로 건너가기 위해 1주일간 소금배에 몸을 싣고 시달렸지만 지금은 나라를 찾아서 애국가도 마음대로 부를 수 있어 좋은 시절이 되었다. 다시는 남에게 침략당하지 않도록 젊었을 때 힘써야 할 것"이라는 말을 남겼다.

　　정부에서는 고인의 공훈을 기리어 1990년에 건국훈장 애족장을 추서하였다.

🔍 더보기

구순화 지사의 고향 황해도는 북한 만세운동의 중심지

　　구순화 지사의 고향인 황해도는 그 어느 지역보다도 독립 투쟁 의지의 맥(脈)이 뿌리 깊은 곳이다. 황주 출신인 역사학자 박은식을 비롯하여 해주 출신의 백범 김구 주석과 안중근 의사, 풍천 출신의 노백린 장군 등 국난 시기에 뛰어난 인물을 배출한 고장인 만큼 구순화 지사는 조국의 운명에 대하여 남다른 관심을 갖고 있었을 것으로 여겨진다.

　　뿐만 아니라 이 지역은 종교적 믿음도 남달랐는데 1919년 당시 황해도에는 3만 2천여 명의 기독교도가 있었으며 그 가운데서 장로교·감리교의 교세가 강하여 구순화 지사의 고향인 신천을 비롯하여 재령·안악·은율·장연에는 장로교가, 해주·옹진·연백·평산에는 감리교가 각각 포교와 교육사업에 참여하고 있었다.

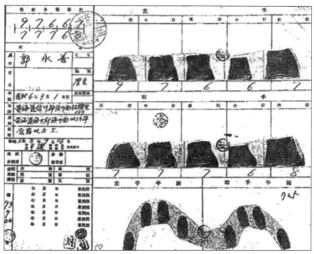

▲ 구순화 지사의 제자인 곽영선 지사가 평양감옥에 수감될 당시 찍었던 양손 지문이 뚜렷이 남아있는 '신분장지문원지' (국가보훈처 제공)

23살의 구순화 지사가 신천읍 만세 시위의 주동자인 신천교회 소속의 경신학교 학생들과 함께 시위현장에서 만세운동에 가담했다는 것은 이 지역 출신들의 항일투쟁 정신과 기독교 영향이 컸음을 잘 말해주는 것이다. 특히 구순화 지사의 경신소학교 제자인 곽영선(1902 ~ 1980) 지사는 2018년 8·15 광복절 때 독립운동을 인정받아 건국훈장 애족장을 추서받았다. 국난의 시기에 스승과 제자가 함께 손을 잡고 만세시위에 나섰던 아름다운 모습은 독립운동사에 영원히 잊지 못할 일로 기록될 것이다.

사진신부로 독립의 노래 부른
김도연

남미봉 붉은 진달래꽃
뒤로하고

얼굴도 본 적 없는
낭군 맞으러
사진 한 장 들고 떠나던 날

태평양 망망대해
울던 파도소리
기억 저편에 몰아넣고

빼앗긴 조국의 밑거름 되리라
여자애국단에서 뛴 열정

고향의 붉은 진달래꽃
너는 알겠지.

김도연 지사

김도연 (金道演, 1894.1.28. ~ 1987.8.12.) 애국지사

김도연 지사는 사진 신부로 22살 되던 1916년 미국으로 건너가 남편 윤응호 지사와 독립운동에 앞장섰다. 미주지역 한인들의 첫 집단 이주는 하와이 사탕수수 농장 노동자로 일하기 위해 1902년 12월 22일 첫배가 인천항을 떠나 1903년 1월 13일 하와이 호놀루루항에 도착하면서부터 시작된다. 첫 이민배에 탄 사람들은 121명이었으나 중간 기착지인 일본 고베항에서 신체검사 중 20명이 탈락하고 합격한 101명이 최종 하와이 땅을 밟은 것이 미주지역 이민의 시작이다. 첫 이민배가 뜬 이후 1905년 6월 30일까지 하와이로 떠난 한국인 수는 7,226명이며 이 가운데 남자는 6,048명이고 여자는 637명, 아이들은 541명이다. 남편 윤응호 지사는 1904년 하와이 노동이민으로 하와이 땅을 밟았으나 2년 남짓 뒤에 본토로 이주했다.

▲ 김도연 (미국이름 윤도연)지사의 아드님 김브라이언 부부를 글쓴이는 2018년 8월 11일 미국 로스앤젤레스 LA가든스윗호텔서 열린 73주년 광복절 기념식에서 만났다. (2018. 8. 11)

한편 김도연 지사는 1916년, 사진신부로 미국에 도착하여 새크라멘토에서 수박, 참외, 감자, 목화농사를 짓고 있던 남편과 함께 농업에 종사하였다. 그러는 가운데서도 김도연 지사는 1920년 대한인여자애국단 맥스웰지부 서기, 수금위원을 거쳐 1924년 맨티카 국어학교 임원으로 활동하였으며 1929년 로스앤젤레스로 이주한 뒤에는 채소가게를 운영하면서도 1932년부터 1943년까지 대한여자애국단 LA지부 서기, 단장, 재무 등 주요 요직을 거쳤다. 또한 1945년 딜레노 구제회 재무 및 대한여자애국단 딜레노지부 재무 등을 지냈고, 1916년부터 1944년까지 여러 차례 독립운동자금을 지원하는 등 한평생을 조국독립을 위해 헌신하는 삶을 살다 93살을 일기로 미국에서 숨을 거두었다.

정부는 고인의 공훈을 기리어 2016년에 건국포장을 추서하였다.

🔍 더보기

남편 윤응호 지사도 독립운동가

윤응호(1881.4.10. ~ 1979.5.31.) 지사는 평안남도 안주 출신으로 1904년 하와이 사탕농장 노동자로 이민길에 올랐다. 사탕수수 농장에서 2년 일한 뒤 1906년 샌프란시스코로 이주했고, 1911년 대한인국민회 회원으로 독립운동에 뛰어들었다. 윤응호 지사는 특히 장인환, 전명운 의사의 의열투쟁을 보고 깊은 감명을 받아 1913년 6월에는 도산 안창호가 창단한 흥사단에 가입했다.

단우번호는 15번. 1913년부터 새크라멘토에서 수박, 참외, 감자, 목화농사를 지었다. 1929년 로스앤젤리스로 이주한 뒤에는 채소가게를 운영했다. 1916년 사진신부로 미국에 온 김도연 지사와 혼인하여 함께 억척스레 일해서 번돈을 독립기금으로 냈다. 둘째 아들 찰스 윤은 남가주대학 치과대학 교수로 재직하면서 잇몸교정에 새로운 방법을 개발한 유명한 한인2세 치과의사였다.

▲ 윤응호 지사

1937년과 1938년 딜라노지방회 학무부 위원, 1939년 집행위원장 및 교육부 위원, 1940년 감찰위원, 1941년 서기, 1943년 집행위원장으로 활동하였다. 1945년에는 국민회 중앙집행위원과 딜라노지방회 교육위원으로 선정되었다. 1913년부터 1945년까지 여러 차례 독립운동자금을 지원하였다.

정부는 고인의 공훈을 기려 2015년에 건국포장을 추서하였다.

핏덩이 보듬으며 광복군으로 뛴
김봉서

북풍한설 이겨내며
핏덩이 자식 안고
광복군으로 뛴 그대는
대한의 늠름한
여자 광복군

죽음 보다
견디기 어려운
일제만행의 굴욕
더는 참을 수 없어

자유를 갈망하는
구국의 일념으로
피의 항쟁에 뛰어든
그 투혼

광복의 꽃으로
활짝 피었네.

김봉식 (金鳳植, 1915.10.9. ~ 1969.4.23.) 애국지사

　김봉식 지사는 경상북도 경주 출신으로 1940년 2월 한국청년전지공작대 (韓國靑年戰地工作隊)에 입대하여 항일투쟁 활동을 펼치던 중 1940년 9월 한국광복군이 창군되자 중국 서안에 본부를 둔 광복군 제5지대에 편입되어 지대장 나월환 아래서 활동하였다. 그 뒤 1942년 5월 제5지대가 광복군 제2지대로 개편됨에 따라 김봉식 지사는 제2지대 제2구대원으로 활약하다 1945년 8 · 15광복을 맞이하였다.

▲ 김봉식 지사 훈장증(1990.애족장)과 훈장

　김봉식 지사는 남편 황영식 지사와 함께 부부 독립운동가로 활약하였다. 그러나 남편은 얼마 안 있어 중경 임시정부로 김구 주석의 경호원으로 발령이 나는 바람에 김봉식 지사는 광복을 맞이할 때 까지 어린 자녀를 돌보면서 군대 생활을 해야 했다. 당시 어린 아이를 군부대 내에서 키우던 일은 광복군 제3지대 제1구대 본부 구호대원(救護隊員)으로 활동하던 유순희(1995.애족장) 지사의 경우의 예에서 알 수 있듯이 여성광복군들은 핏덩이 어린 자녀들을 데리고 광복군으로 뛰었다.

▲ 맨 앞줄 오른쪽에서 5번째 군복을 입고 있는 꼬마와 오른쪽에서 3번째 군인이 안고 있는 아기는 김봉식, 황영식 부부의 자녀다. 맨 뒷줄 오른쪽 세 번 째가 김봉식 지사, 열 번째가 황영식 지사. 당시에는 이와 같이 아기를 낳은 여성들이 광복군으로 활약했다. 한국광복군 제5지대 성립 기념(1941.1.1.)

광복군은 창설 직후 총사령부와 3개지대를 편성하였으며 총사령부는 지청천 장군을 총사령으로, 참모장으로는 이범석, 제1지대장 이준식, 제2지대장 공진원, 제3지대장 김학규 등이 임명되어 단위 부대 편제를 갖추었다. 총사령부는 약 30여명 안팎의 인원으로 구성되었으며 초기 여자광복군으로 입대한 사람은 오광심, 김정숙, 지복영, 조순옥, 민영주, 신순호 등이었다. 이들은 주로 사령부의 비서 사무 및 선전 사업 분야에서 활약하였다. 1941년 1월에 한국청년전지공작대가 편입되었으며, 1942년 7월에는 김원봉이 이끌던 조선의용대의 일부가 흡수되었다.

대한민국 임시의정원의 문서에 따르면 1945년 4월 당시 광복군의 총 병력 수는 339명이었으며, 같은 해 8월에는 700여 명으로 성장하였다. 광복군 가운데 2018년 3월 현재, 정부로부터 독립유공자로 서훈을 받은 사람은 남성이 567명이고 여성은 김봉식 지사를 포함하여 31명이다.

정부에서는 고인의 공훈을 기리어 1990년에 건국훈장 애족장을 추서하였다.

🔍 더보기

김봉식 지사 남편 황영식의 도둑맞은 '훈장증'을 되찾기까지

– 이 글은 김봉식, 황영식 부부의 아드님인 황부일 씨와의 면담 내용임 –

"아버님은 광복군 출신으로 이름은 황영식입니다. 그러나 그동안 황영석이라는 이름의 가짜 독립운동가가 아버님 대신 대통령 표창장을 가로채는 바람에 각고의 노력 끝에 28년만인 1991년 4월 13일, 건국훈장 애국장을 추서 받아 아버님 영전에 바쳤습니다. 그러나 좀 더 일찍 아버님 살아생전에 훈장을 받았으면 얼마나 좋았겠습니까?"

2018년 10월 28일 일요일 낮 2시, 부산의 한 아파트에서 만난 황영식(본명 황차식, 1913 ~ 1969) 지사의 아드님인 황부일(63) 씨는 눈시울을 붉히면서 이렇게 말을 꺼냈다. 아버지 황영식(1991년

애국장 추서)과 어머니 김봉식(1990년 애족장 추서) 지사는 부부 독립운동가로 황부일 씨는 당시 자료를 보여주면서 가짜 독립운 동가 이야기를 이어 나갔다.

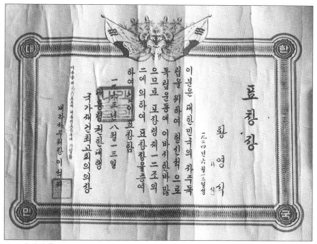

▲ 아버지 황영식 씨가 받아야 할 표창장을 엉뚱한 황영석 씨가 가로채 28년 만에 아드님이 되찾은 표창장

"이것이 가짜 황영석이 가로챘던 대통령표창장입니다. (지금은 회수하여 황부일 씨에게 전달된 상태) 여기 보시면 1963년 8월 13 일, 국가재건최고회의의장이 발행한 것으로 되어 있습니다. 이 시 기는 아버님(황영식)이 살아 계실 때였는데 가짜가 표창장을 가로 채는 바람에 아버님은 살아생전에 당신의 독립운동 공적을 나라 로부터 인정받지 못한 상태로 1969년 눈을 감으셨습니다."

1963년 국가재건최고회의의장 명의로 발행한 대통령표창장 에는 황영식이라고 되어 있었는데 19년간 황영석이라는 사람이

'식' 자를 '석' 자로 고쳐서 황영식 행세를 했다. 이후 이 표창장은 다시 '식' 자로 고쳐 황영식 아드님인 황부일 씨 품으로 돌아왔다.

참으로 황당한 일이 벌어졌다. 황영식 이름 끝자 부분의 '식' 자와 비슷한 '석' 자 이름의 가짜가 아버지에게 돌아가야 할 표창장을 가로채버린 것이었다. 엉뚱한 사람에게 도둑맞은 표창장을 되돌리기 위해 황부일 씨는 생업을 팽개치고 증빙 서류를 챙겨 부산에서 서울 보훈청(지금의 보훈처)을 여러 해 드나들었다. 그 때 일을 두 번 다시 떠올리기 싫은 듯 황부일 씨는 대담 내내 시선을 먼곳에 두었다.

▲ 대한민국임시정부 주화대표단,(1946.4.) 주화대표단은 임시정부 환국 후 중국내 동포 및 잔무처리를 위해 만든 조직으로 맨 뒤의 화살표가 가리키는 분이 황영식 지사

사실 글쓴이는 여성독립운동가들의 발자취를 찾아 글을 쓰는 사람이라 이번에 황부일 씨의 어머니인 광복군 출신 김봉식 지사를 취재할 생각이었다. 그래서 부산에 살고 있는 황부일 씨의 전화번호를 어렵사리 알아내자마자 전화를 걸었다. 신호음이 울리고 상대방의 목소리가 들리기 무섭게 대뜸 "아버님도 혹시 독립운동을 하셨습니까?" 라고 물었다. 대답은 "맞다" 는 것이었다.

　황부일 씨 부모님은 부부 독립운동가지만 국가보훈처 공훈록에는 어머니 김봉식 지사나 남편 황영식 지사 어느 쪽에도 부부라는 표기가 없어 글쓴이는 황부일 씨 어머니(김봉식 지사) 혼자서 독립운동을 한줄 알았다. 하지만 대개의 경우 부부가 함께 독립운동을 한 예가 많은지라 통화가 되자마자 아버지의 독립운동 여부를 물었던 것인데 아뿔사! 아버지의 독립유공 열매를 엉뚱한 사람이 가로챘다는 말에 단숨에 부산으로 달려갔다.　황부일 씨는 아버지와 어머니에 대해 이야기를 이어나갔다.

　"아버지는 26살 때인 1939년 말 고향인 경북 영일을 떠나 중국으로 건너가셨습니다. 1940년 한국광복군에 입대해 중국군 중앙전시간부훈련단 한청반(韓靑班)에서 군사훈련을 받았습니다. 이어 이범석 장군이 이끌던 중국 서안의 광복군 제2지대에 배속되어 활동하였습니다. 어머니는 1940년 2월 한국청년전지공작대에 입대하여 항일투쟁을 하던 중 1940년 9월 한국광복군이 창군되자 중국 서안에 본부를 둔 광복군 제5지대에 편입되었습니다. 이후 1942년 5월 제5지대가 제2지대로 개편됨에 따라 아버지와 같은 제2지대 대원으로 활약했지요.

　아버지는 이후　1944년 4월 한국독립당에 입당하였으며, 그해 6월 대한민국 임시정부(이 무렵 임시정부는 중경에 있었음) 내무부

자리로 옮겨 백범 김구 주석의 경호원(경위대원)이 되어 활동하셨습니다. 아버지는 영어, 일어, 중국어에 능통했으며 1945년 6월에는 광복군 총사령부로 발령이 나서 경리처 소속의 양복과원(粮服科員)으로 복무하였습니다. 양복과원이란 말 그대로 군대의 식량과 의복을 책임지는 부서로 요즘으로 치면 군수과 또는 병참부서에 해당할 겁니다."

▲ 광복군 출신 황영식 지사와 훈장증, 생전에는 받지 못하고 사후 22년(1991년) 만에야 추서받았다.

광복 후 고국으로 돌아온 황영식 지사는 국군의 전신인 국방경비대에 입대했다가 국군이 창설되면서 육사7기로 졸업하여 장교로 복무했다. 그 뒤 1961년 육군중령으로 예편했다. 그때 황영식 지사 나이 48살 때였다.

"나중에 안 일이지만 당시에 육사 7기는 전반기와 후반기로 나눠서 뽑았는데 전반기에 지원한 경우, 광복군 출신에게는 특혜가 있었음에도 아버지는 일부러 후반기에 지원하셨습니다. 그 까닭을 지금 생각하니 아버지께서 욕심이 없으셨던 것 같습니다. 전역

시에 받은 얼마 안 되는 퇴직금으로 아버지는 부산시내에서 양과점(제과점)을 냈지만 오래가지 않아 문을 닫았고 56살로 숨을 거두기까지 매우 어려운 생활을 하셨습니다. 공교롭게도 어머니가 1969년 4월에 돌아가시고 아버지는 3달 뒤인 7월에 돌아가셨습니다."

중국에서 광복군 활동한 것을 인정받아 황영식 지사는 1963년 8월 13일, 다른 광복군 출신 323명과 함께 대통령표창장을 받기로 되어있었으나 당시 행정당국의 안이하고 무성의한 독립유공자 행정 처리로 독립운동을 한 적이 없는 엉뚱한 황영석(82년 사망) 씨가 표창장을 가로채고 만 것이다. 당시 담당자가 조금만 관심을 가졌어도 이런 어처구니없는 일은 일어나지 않았을 것이라고 황부일 씨는 말했다. 왜냐하면 당시에 아버지와 같이 광복군 활동을 한 분들이 많이 생존해 계셨기 때문에 '황영석'이라는 이름은 광복군으로 활동하지 않았다는 것을 금방 알 수 있었을 것이라고 지적했다. 더욱이 표창장이 수여될 무렵 황부일 씨는 어렸기 때문에 부모님의 독립운동 서훈에 대한 사실을 잘 몰랐다고 했다.

그러다가 황부일 씨가 아버지의 독립운동 사실을 알게 된 것은 1983년으로 28살 때의 일이었다. 우연한 기회에 숙부(황정식 씨)로부터 아버지가 광복군이었다는 사실을 전해 듣고 그때부터 전국의 광복군 출신자들을 찾아다니면서 증빙 자료를 수집하여 보훈처에 신청하는 과정에서 1987년, 아버지 황영식 지사가 받아야 할 표창장을 황영석이라는 엉뚱한 사람이 가로챈 사실을 알게 되었다. 이때부터 황부일 씨는 잘못 수여된 아버지의 표창장을 되찾아오는 싸움을 시작했다. 하루 벌어먹고 살기도 힘든 마당에 부산에서 서울 총무처(당시에는 총무처에 보훈신청을 했음)까지 오르내린 것만도 수십 차례였다. 각고의 노력 끝에 1963년 대통령표창이 엉뚱한 사람에게 수여된 지 28년만인 1991년 4월 13일, 감격의 건국훈장 애국장을 추서받아 아버지의 명예를 회복할 수 있었다.

그러나 아버지의 건국훈장 애국장을 추서받기까지 황부일 씨가 겪은 고초는 이루 말 할 수 없는 노정이었다. "보훈처와 총무처에서는 엉뚱한 사람에게 아버지의 표창장을 수여한 사실이 드러날까 봐 무려 3년여 동안 15차례의 증빙 서류 보완을 요구하며 이 문제를 지연시켰다."며 혀를 찼다. 황부일 씨는 끈질긴 집념으로 생계도 팽개친 채 아버지의 명예를 회복한다는 일념으로 뛰어다닌 끝에 1987년 보훈청(현 보훈처)으로 부터 "황영석 씨에게 수여된 표창장은 잘못이었다." 는 시인을 받아내는 데 성공했다.

▲ 잘못 수여된 훈장이 28년 만에 진짜 주인을 찾았다고
대서특필한 1991년 4월 14일 국민일보 기사

그동안 보훈처가 시간을 질질 끌면서 증빙 서류를 보완하라고 지시하는 바람에 전국에 흩어져 있던 광복군 출신의 아버지 동료를 찾아다니는 등 생업에 위협을 받으면서도 포기하지 않았던 것은 오로지 광복군 출신 아버지의 명예를 회복하기 위해서였다. '영영 묻힐 뻔했던 아버지의 공적이 도둑맞았다는 사실을 알고 어느 자식이 포기하겠는가?' 라고 황부일 씨는 글쓴이에게 되물었다.

　이러한 아드님의 노력 끝에 1991년, 드디어 아버지 황영식 지사는 건국훈장 애국장을 추서받게 되었다. 아버지의 독립유공자 신청을 하겠다고 나선이래, 가짜가 표창장을 수여받은 사실을 뒤늦게 알고 그것을 되찾아오기 위한 투쟁의 순간들이 주마등처럼 지나갔다. 광복군이자 김구 주석의 경호원으로 활동하던 아버지의 명예가 담긴 표창장을 되찾기까지 걸린 5년의 시간은 아드님 황부일 씨에게는 너무나 고통스럽고 힘든 시간이었다. 아버지의 훈장은 어머님이 1990년에 건국훈장 애족장을 추서 받은 1년 뒤의 일이다. 훈장은 어머님의 경우 사후 21년 만에, 아버지는 사후 22년 만에 추서 받은 것이다.

　"지금도 용서가 어려운 것은, 당시 아버지가 광복군으로 활동한 사실을 입증하는 온갖 서류를 갖춰 제출해도 계속 차일피일 미루며 검토해주지 않았던 점입니다. 안이하고 무성의한 태도로 정확한 확인도 하지 않은 채 이미 가짜에게 표창장이 발급되어 버리고 나자 보훈처는 스스로 실수를 인정하지 않으려고 미온적인 자세를 취했던 것이지요. 하도 질질 끌기에 이상하다 싶어 알아보니 실무차원에서는 가짜에게 표창장이 발급된 것을 인정하고 있었지만 윗선에서 결재 도장이 안 난다는 이야기를 들었을 때 거대한 벽에 부딪친 심정이었습니다. 이런 기가 막힌 일이 세상천지에 어디 있습니까? 죄지은 사람 취급을 당하면서 구걸하다시피 보완서류를 접수하고 나면 가서 기다리라고 하고 감감무소식일 때 가장 큰 비애를 느꼈습니다."

당당한 광복군이요, 대한민국임시정부 김구 주석의 경호원 출신이던 아버지 황영식 지사의 공적을 입증하는 일은 다행히 광복군 출신의 아버지 동료들이 너도 나도 흔쾌히 인우보증을 서줘서 어려움이 없었다고 한다. 하지만 그러한 서류를 몇 해씩 담당자 서랍 속에 잠재웠던 공무원들의 처사는 지금 생각해도 용서하기 어려운 일이라고 황부일 씨는 힘주어 말했다.

"아버지는 어머니와 중국 서안의 광복군 제2지대에 함께 있었지만 인우보증을 위해 광복군 출신 어르신들을 만나보니 오히려 어머니(김봉식 지사) 이름을 더 잘 알고 계셨습니다. 아버지는 제2지대에 계시다가 중경에 있던 임시정부의 김구 주석 경호원으로 떠나는 바람에 동지들이 더 오래 함께 복무했던 어머니 이름을 더 잘 기억했던 것이지요. 당시 광복군 출신으로 아버지의 인우보증을 서주었던 오서희(1922-1996, 1990년 애국장), 김상준(1916-1996, 1990년 애국장) 지사님 등의 노력은 지금도 잊을 수가 없습니다."고 황부일 씨는 말했다.

그는 이어, "아버지는 영원한 광복군이셨습니다. 청렴한 군인의 본보기로 사신 분이란 걸 나중에 알게 되었지요. 당시 떠도는 이야기로 병참장교 도장 하나면 평생 먹고 살 재산을 마련했다는 이야기가 돌았지만 아버지는 집은커녕 방 한 칸도 없는 삶을 사셨습니다. 자식의 입장에서는 서운하지만 돌이켜보면 아버지는 잎새에 이는 한줄기 바람에도 걸림이 없는 대한의 진정한 광복군으로 살다 가신거지요. 어머니 역시 마찬가지입니다."

▲ 가짜독립운동가가 가로챈 아버지 표창장을 찾아오느라 5년간 고생한 이야기를 글쓴이에게 하는 황부일 씨

부인과 함께 부산에서 식당일을 하며 생계를 꾸려가고 있는 황부일 씨는 '진정한 광복군 출신 부모님'에 대한 자부심이 매우 컸다. 2018년 초 뇌경색이 온 뒤 지금은 회복중인 황부일 씨는 그러나 아주 정확한 발음과 기억으로 부모님의 독립운동 이야기를 들려주었다.

요즈음 가짜 독립운동가들이 판치는 뉴스를 보면서 황부일 씨는 과거 아버지의 표창장을 되찾기 위해 동분서주한 생각이 되살아난다고 했다. 꿈쩍 달싹도 안하던 거대한 바위 앞에서, 진짜 독립운동가 아들이 던지던 달걀이 그냥 깨져버린 것 같지만 그 바위를 끝내 뚫어냈으니 그 노고에 손뼉을 치고 싶다. 아드님의 끈질긴 추적이 아니었으면 광복군 황영식 지사는 아직도 서훈자 명단에 이름을 올리지 못했을 것이다. 아찔한 이야기다.

백번 양보해서 행정담당자가 실수를 했다고 쳐도 이에 대한 오류를 발견했다면 그 즉시 확인하여 해결해주는 것이 독립운동가를 예우하는 올바른 자세일 것이다. 온갖 서류를 가져오라고 헛걸음 질을 여러 번 시키면 스스로 지쳐 나가떨어질 것이라는 생각이 아니고서야 어찌 황부일 씨 같은 일이 벌어질 수 있단 말인가! 앞으로 국가보훈처는 이러한 일이 재발되지 않도록 철저히 포상자 관리를 해줬으면 하는 바람이다.

대담 중에 황부일 씨는 부모님과 관련된 사진과 관련 신문 자료 등을 기자에게 보여주었는데 그 가운데 눈에 띄는 기사가 있었다. 1993년 5월 20일 〈시사저널〉 기사로 '청와대 독립유공자 재심사'라는 제목과 함께 '문제점을 낱낱이 파악해서 개혁하겠다. 포상기준을 최초 공개한다.' 라는 부제목의 기사였다.

그로부터 25년이 지난 지금, 독립유공자와 관련된 문제점은 별로 개선되지 않은 것 같아 씁쓸하다. 그 장구한 세월이 흐르는 동안에도 가짜 독립운동가(2018.10.1, 오마이뉴스, 20년 만에 밝혀진 가짜 독립운동가 집안의 진실) 들이 버젓이 훈장을 타가는 일이 끊이지 않고 있지 않는가 말이다. 정말 가짜들을 발본색원하는 일은 가능한 것인지, 그 방법은 무엇인지, 부부 광복군 황영식, 김봉식 지사의 아드님인 황부일 씨와의 대담을 통해 절실히 느꼈다. 아울러 가짜에게 도둑맞았던 기간 동안의 보훈연금에 대한 명확한 배상 문제도 거론되어야 할 것이다.

*이 글은 2018년 11월 8일, 인터넷신문 〈우리문화신문〉에 실린 글임.

일제가 벌벌 떤 의용단의
김태복

생활이 보장된 의사
그 편안한 삶 뿌리치고
일제도 벌벌 떨었다던 의용단에
뛰어 든 임의 용기

단단한 비밀결사조직
행여 끈이라도 풀리는 날엔
너나없이 잡혀가
죽을 목숨 알면서도

피의 항쟁 두려워 않고
뛴 여전사여!

임이 꿈꾸던 광복의 염원
이뤄지던 날

임 계신
하늘에도 그 소식
전해졌을까?

김태복 (金泰福, 1886 ~ 1933.11.24.) 애국지사

"기림리 태성의원 원장 김태복 여사는 숙환으로 치료 중 회복하지 못하고 24일 별세하였다. 여사의 생전의 좋은 뜻을 귀히 여겨 기림리 이장 장(葬)으로 28일 오후 2시 장례식을 거행하리라 한다. 여사는 일찍 해외에 망명한 남편과 헤어지고 슬하에 하나 뿐인 딸을 거느리고 경성 동대문부인병원, 평양기독연합병원의 간호부로 십 수 년을 근무하다가 의사면허를 따 기림리에서 태성의원을 경영하면서 근우회 평양지회, 신간회, 평양지역 여자기독청년회, 평양고아원 등 사회단체와 기관에 투신하여 온 힘을 쏟았다. 딸 정봉주 양을 동경여자의전에 보내어 의학을 전공시켰다고 한다."

▲ 김태복 지사의 서거를 알리는 〈동아일보〉 기사 (1933. 11. 29.)

이는 김태복 지사의 죽음을 알리는 〈동아일보〉 1933년 11월 29일 치 기사다. 김태복 지사는 1919년 11월 대한민국애국부인회 경성부 동대문부인병원 대표로 활동하다 붙잡혀 대구지방검찰청 검사국으로 송치되었으나, 12월 16일 불기소 처분을 받고 석방되었다. 또한 1920년 평양부 기홀병원 간호사로 근무하던 중 대한민국임시정부 특파원 김석황의 권유로 의용단(義勇團)에 들어가 활동했다. 그 뒤 평양지단(平壤支團)을 조직하여 동지를 모으다가 다시 잡혀 들어갔다 나왔으며 또 다시 1922년 1월 26일 기홀병원에서 수간호사로 재직하던 중 부인적십자단(婦人赤十字團)에 연루되어 강서경찰서에 잡혀간 뒤 6일 동안 취조를 받는 등 여러 번 감옥에 잡혀갔다.

그 뒤에도 김태복 지사는 1925년 6월 대동군 기림리 예수교청년회의에서 펴낸 '기림리예수교통신'이라는 잡지의 내용이 문제가 되어 회원 10여 명과 함께 잡혀갔다가 당일로 석방되었으며, 1929년 7월 10일 근우회(槿友會) 평양지회 집행위원회에서 선전조직부원으로 활동하였다. 김태복 지사는 슬하에 한 점 혈육인 딸을 일본에 유학시켰으며 태성의원을 경영하면서 가난하고 어려운 이웃을 돌보는 한편 고아들을 보살펴주는 등 평생을 독립운동과 이웃사랑 실천을 하며 살았다.

정부는 고인의 공훈을 기리어 2010년에 건국포장을 추서하였다.

🔍 더보기

1. 김태복 지사가 비밀결사대 의용단에 가입한 동기는?

1920년 8월 12일 조선총독부 경무국 고등경찰과 조서에 따르면, 김태복 지사가 간호사로서 의용단에 관여하게 된 내용이 상세하게 나온다. 이날 경성종로경찰서에서 의용단이라는 비밀결사대 조직을 탐지하여 김태복 지사 외 관련자 4명을 체포하고 관련물품 등을 압수했다는 기록이 있다. 이 기록에 따르면, 의용단은 상해임시정부에서 손정도, 김철, 김립, 윤현진, 김구, 김순애 등이 조직한 단체로 조선의 독립 쟁취에 그 목적이 있으며 그 수단으로서 일본의 중요 요직에 있는 인물과 친일파 조선인을 암살하고 일본에 대해 선전포고를 하는 것을 목표로 활동하는 것으로 되어있다.

의용단은 비밀 결사조직인 만큼 회원 모집이 아주 중요했는데 마침 대한민국임시정부 특파원 이었던 김석황(28살)이 병이 나는 바람에 김태복 지사가 근무하던 평양의 기홀병원에 입원하게 된다. 이곳에서 김석황으로부터 의용단의 가입 권유를 들은 김태복 지사는 '조국독립을 위한 의용단' 일에 찬동하고 가입하였으며 평양지단(平壤支團)을 조직하여 뛰다가 잡혀들어 갔는데 주동자인 김석황은 다행히 피신했으나 김태복 지사 등은 일경에 잡혔다. 당시 일경에 잡혀간 사람들은 다음과 같다.

김태복 (34살, 간호부, 평양부 서문통 기홀병원), 황중극(34살, 경성부 숭인동 95), 김동선(25살, 예수교신자, 평양부 경창리 72), 김동순 (25살, 재봉업, 평양부 류로리 178) 등이다. 당시 일제는 이른바 '불온한 독립운동가' 에 대한 명단을 신속하게 공유하였는데 김태복 지사를 포함한 이날 잡혀간 인물들에 대한 정보는 내각총리대신, 각 성(省) 대신, 척식국(拓殖局) 장관, 경시총감(警視總監), 검사총장(檢事總長), 조선군사령관, 조선 양(兩) 사단장, 헌병대 사령관, 관동장관, 관동군 사령관 등과 공유하고 있음을 알 수 있다.(1920년 8월 12일 조선총독부 경무국 고등경찰과 조서)

2. 의용단 단장 김석황 지사의 파란만장한 운명

김석황(金錫璜, 1894.2.28. ~ 1950.6.30.) 지사는 황해도 봉산 출신으로 1919년 2월 일본 도쿄 와세다대학(早稲田大學) 재학 시 최팔용, 서춘 등과 함께 2·8동경 한국인 남녀유학생의 독립선언 때에 막후에서 동지들의 연락, 문서 작성을 도맡았던 인물이다. 이 일로 잡혀 들어갔으나 석방된 뒤 곧바로 중국 상해로 망명하여 임시정부 수립에 힘을 쏟았다. 1919년 4월 11일 임시정부가 수립되고 이어 상해 대한민국청년단이 조직되자 김석황 지사는 서무부장에 임명되어 청년들의 민족정신을 드높이는데 앞장섰다.

▲ 임시정부 및 임시의정원 신년 축하식 기념(1921년 1월 1일)
맨 뒷줄 왼쪽에서 6번째가 김석황 지사, 맨 앞줄 3번째는 김구 주석

또한 대한민국임시정부의 임시사료편찬회에서 안창호, 이광수, 김홍서, 김병조, 김두봉 등과 함께 김석황 지사는 『한국독립운동사』와 『한일관계사료집』4권 등을 펴내 국제연맹에까지 보내 한국

의 독립이 필연적인 사필귀정임을 역설, 호소하였다. 1920년 5월 국내에 들어와 군자금 천여 원을 모금하여 상해로 돌아왔고, 계속 모금활동과 동지들을 모아 군자금을 조달 하는 활동을 폈다.

1919년 11월, 김구, 윤현진, 손정도, 김순애 등과 상의하여 무장 독립운동 단체인 의용단(義勇團)을 조직하고 국내 각지에 그 지단 및 분단을 설치하기 위해서 평양으로 들어왔으나 병이 나서 기홀 병원에서 입원(일설에는 위장 입원이라는 설도 있음) 치료 중인 것 으로 위장하여 의용단 지단을 만들어 활동하였다. 이때 이 병원 간 호사였던 김태복 지사를 의용단으로 가입시켰다. 그러나 1920년 7월, 김석황 지사가 상해로부터 국내 지단원에게 부친 편지가 일 경에게 탐지되어 일경의 감시 중 9월 16일 만주에서 잡혀 1920년 12월 22일 평양복심법원에서 징역 10년형을 선고 받고 국내로 이 송, 서대문형무소에 수감되어 옥고를 치렀다. 그 뒤 풀려난 후 대 한민국임시정부로 돌아왔다가 임시정부의 비밀 파견원으로 국내 에 밀파되었다. 광복 후 고국에 돌아온 김석황 지사는 건국 준비 과정에서 장덕수 암살 사건에 연루되어 미군정 재판에서 종신형 을 선고 받고 복역 중 6·25 한국 전쟁 당시 옥사하는 불운한 삶을 살았다.

정부에서는 고인의 공훈을 기리어 1982년에 건국훈장 독립장을 추서하였다.

광복군 총사령부의 꽃

민영숙

도도히 흐르는
장강의 물줄기 타고
임시정부 고된
피난길 따라나선 임

나라 잃은
겨레의 치욕 씻기 위해
창설된 광복군에
스무 살 꽃다운 청춘
아낌없이 바쳤노라

조국 광복의 그 순간까지
빛도 이름도 없이
신명을 다해 바친

그 이름 석 자

조국은 기억하리
영원히 기억하리.

민영숙 지사

민영숙 (閔泳淑, 1920.12.27. ~ 1989.3.17.) 애국지사

"어머님은 매사에 원칙을 지키시는 것을 매우 중요하게 여기셨습니다. 깔끔한 성격이셨고 한 치의 어긋남이 없이 반듯한 삶을 사셨습니다." 이는 민영숙 지사의 이야기를 듣기 위해 2018년 12월 18일, 인사동에서 만난 민영숙 지사의 아드님 권영혁(광복회 대의원) 선생이 한 말이다. 이날 글쓴이는 권영혁 선생과 함께 민영숙 지사와 친자매처럼 지냈던 사촌여동생 민영주(1990. 애국장) 지사의 남동생인 민영백((주) 민설계) 회장도 함께 만났다. 민영백 회장 사무실에서 오전 10시 반에 만나 점심시간을 훌쩍 넘길 때까지 우리는 민영숙, 민영주 지사와 일가족의 독립운동사 이야기에 시간 가는 줄 몰랐다.

▲ 결혼 전 민영숙 지사의 청순한 모습

"사촌 누님(민영숙 지사)은 매우 영특하셨습니다. 어릴 때 부모님을 여의셔서 저희 집에서 살면서 두 살 아래인 저희 누님(민영주 지사)과 함께 학교에 다니고 함께 광복군에 입대할 정도로 친 자매 이상으로 정을 나누신 분입니다." 민영백 회장은 민영숙, 민영주 지사가 사촌관계지만 친 자매 이상으로 가깝게 지냈다고 했다. 그것이 가능했던 것은 엄하면서도 자애로웠던 할머니(이헌경 지사, 2017, 애족장)의 따스한 보살핌이 있어 가능한 일이었다고 했다.

▲ 민영숙 지사의 훈장증(애국장)과 훈장(1990.12.26.)

"외할아버지(민영숙 지사 아버지 민제호 지사)는 상해 임시정부에서 요직을 맡았던 이동녕, 이시영, 여운형 선생 등과 함께 활약하신 분입니다. 어머니는 어릴 때부터 독립운동가들의 귀여움을 받으며 일찍이 상해에서 동포 자녀들의 교육기관인 인성학교에 다니셨습니다. 뿐만 아니라 어머니의 큰오라버니인 민영구 지사는 광복군으로, 작은 오라버니인 민영완 지사는 중국 항주에서 중앙항공학교를 졸업하고 항일독립운동에 뛰어들었던 분입니다." 민영숙 지사의 아드님인 권영혁 선생은 외할아버지(민제호 지사)와 외삼촌(민영구, 민영완 지사)의 독립운동 이야기도 들려주었다.

뿐만 아니라 할아버지 (민영숙 지사의 시아버지)인 권준 지사의 이야기도 들려주었는데 권준 지사는 1921년 북경에서 김원봉과 같이 의열단을 조직해서 활약한 분이며 아버지 권태휴 (민영숙 지사의 남편) 지사도 조선의용대에서 맹활약했다고 했다.

민영숙, 민영주 지사는 광복군에 함께 지원하여 당당한 여자광복군으로 활약하였다. 대한민국임시정부는 대일항쟁을 위한 준비로 1940년 9월 17일 중경에서 한국광복군 총사령부를 창설하였다. 광복군은 창설 직후 총사령부와 3개지대를 편성하였으며 총사령부는 총사령 지청천, 참모장 이범석을 중심으로 구성되었고, 제1지대장 이준식, 제2지대장 공진원, 제3지대장 김학규 등이 임명되어 단위 부대 편제를 갖추었다. 총사령부는 약 30여명 안팎의 인원으로 구성되었으며 초기 여자광복군으로 지원한 사람은 민영숙, 민영주, 오광심, 김정숙, 지복영, 조순옥, 신순호 등이었다. 여자광복군들은 주로 사령부의 비서 사무 및 선전 사업 분야에서 활동하였다.

민영숙 지사는 1940년 9월 17일 광복군 총사령부에 입대하였으며 1942년 2월, 중경 임시정부의 법무부 직원으로 근무하였다. 1944년 4월에는 임시정부 법무부 총무과에서 근무하였으며 같은 해 6월 1일 임시정부 외무부 정보과원으로 일했다. 1944년 7월에는 회계검사원 조리원(助理員)의 직을 맡아 일하는 한편, 대적(對敵) 방송에 참여하는 등 적극적으로 조국의 독립을 위해 헌신했다. 광복 후 고국에 돌아와서도 민영숙 지사는 사촌동생인 민영주 지사 가족과 가까이 지내다가 70살을 일기로 삶을 마감했다.

정부에서는 고인의 공훈을 기리어 1990년 건국훈장 애국장 (1977년 건국포장)을 추서하였다.

▲ 사촌간이면서 친자매처럼 지낸 민영숙, 민영주의 후손인 민영숙 지사의 아드님(권영혁 선생, 왼쪽)과 민영주 지사의 남동생(민영백 회장, 오른쪽)을 글쓴이가 만나 대담했다.(2018.12.18.)

🔍 **더보기**

1) 민영숙 지사의 아버지 민제호 지사

민제호 (1890.3.24. ~ 1932.12.14) 지사는 경신학교를 졸업한 뒤 한성영어학교에 다니던 중 1910년 8월 29일 나라를 일본에 빼앗기게 되자 1913년 상해로 건너가 독립운동에 참여하였다. 이때 상해에는 신규식 선생의 주도로 조직된 동제사(同濟社)가 있었는데 민제호 지사는 이 단체에 가입하였으며 또한 상해 대한민국청년단(大韓民國靑年團)에도 가입하여 재무부장으로 활약하였다.

1919년 4월에 임시정부가 수립되고 의정원이 개원되자 민제호 지사는 이동녕, 이시영, 여운형 등과 같이 제2차 의정원 69명 중

한사람으로 뽑혀 1929년까지 활약하였다. 그해 5월 2일 임시정부 재원(財源) 마련을 위해 각 지방의원의 의견을 듣는 임시의정원회의에서는 구급의연금 모집, 인두세(人頭稅) 모집, 내외에 공채모집 등의 방법을 가결하였으며 제4차 의정원 회의에서 각 지방의 우선 구급의연금 모집 위원 3명씩을 뽑아 업무수행을 맡길 때 민제호 지사는 여운형, 박희선 등과 함께 경기도 위원으로 뽑혔다. 민제호 지사는 같은 해 8월에 출발한 대한적십자회 조직에 가담하여 30여명 가량의 뜻있는 인사를 모집하여 조직에 참여시켰다.

또한 1923년 김상옥 의사의 귀국을 주선, 종로경찰서에 폭탄을 던지는 의열활동을 뒷받침하였다. 같은 해 민제호 지사는 임시정부의 외곽단체인 상해 교민단의 서구위원(西區委員)으로 뽑혀 활약하였다. 1925년에는 임시의정원의 경기도 의원을 맡아 입법 활동과 구국에 필요한 안건을 통과시키는데 온 힘을 쏟았다. 1932년 이봉창과 윤봉길 의사 의거 뒤에는 일경의 수색망을 피하여 임시정부와 함께 항주(杭州)로 피신하였다. 피난지에서도 민제호 지사는 임정요인을 호위, 지원하였다. 그러나 그 과정에서 1932년 고생 끝에 병을 얻어 이국땅 항주(杭州)에서 43살을 일기로 숨졌다.

민제호 지사는 "대한민국이 완전 독립할 때까지는 어떠한 난관이 닥친다 해도 이를 극복, 합심하여 계속적인 투쟁이 있을 뿐이로다. 독립운동에는 가시밭길 같은 험난한 장애가 하나 둘이 아닌 것이니 이 또한 인내와 사명감으로 이기고 새로운 보람을 찾아 이 길로 매진하길 빌 뿐이로다." 하고 간곡한 유언을 남긴 뒤 운명하였다고 한다.

정부에서는 고인의 공훈을 기리어 1990년에 건국훈장 애국장 (1977년 건국포장)을 추서하였다.

2) 민영숙 지사의 큰오라버니 민영구 지사

  민영구(1909.7.21. ~ 모름) 지사는 민영숙 지사의 큰오라버니이다. 아버지를 따라 상해로 건너가 인성학교를 거쳐 만국항해학교를 졸업하고 선장으로 일했다. 1940년 9월 광복군이 창설되자 입대하여 지달수·나태섭·김태산 등과 함께 주계장(主計長)에 임명되었다. 1941년 11월 광복군이 서안으로 이전할 때 경리를 맡아 광복군의 살림을 꾸려 나갔다. 1942년 12월에는 대한민국임시정부 재무부 직원에 임명되어 회계업무를 담당하였다.

  1943년 독립운동가 가족을 사천성 기강에 안주시키는데 큰 역할을 하였으며, 같은 해 3월에는 광복군 총사령부의 주계과장(主計課長)에 임명되어 1944년 6월까지 계속 늘어나는 광복군 대원의 보급지원 등 조달업무에 심혈을 기울였다. 1944년 6월에는 다시 임시정부 내무부의 경무과원(警務課員)에 임명되어 1945년 1월까지 임시정부 요인의 경호업무를 맡았으며, 1945년 6월에 광복군 부령(副領)으로 광복군 총사령부 제2과에 소속되어 조국 광복 시까지 복무하였다.

  정부에서는 고인의 공훈을 기리어 1963년에 건국훈장 독립장을 추서하였다.

3) 민영숙 지사의 작은오라버니 민영완 지사

  민영완(1911.8.20. ~ 1976. 1. 19.) 지사는 민영숙 지사의 작은오라버니로 아버지를 따라 상해로 건너갔다. 1929년 7월 상해에서 임시정부 요인의 지도하에 청소년의 독립정신 계몽 등을 목적으로 조직된 화랑사(花郞社)의 총무 겸 재무간사로 뽑혀 임시정부를 지원하는 일에 온 힘을 쏟았다. 1930년 9월 중국 항주에 있는 중앙항공학교에 입학하여 항공기 조종술을 익힌 뒤 1933년 7월에 항공학교를 졸업하였다. 졸업과 동시에 민영완 지사는 동교 비행과 보험산실(保險傘室)에서 복무하였다.

그 뒤 1934년 2월부터 1942년 5월까지 중국 공군의 항주 제1총참(第1總站) 지하 공작원(工作員)으로 항일독립투쟁을 지속하였다. 1941년 대한민국임시정부가 5차 개헌을 단행, 주석·부주석 중심 지도체제로 바뀔 때 민영완 지사는 김구 주석의 밀령(密令)을 받고 상해 남경, 항주 등지에서 일본군의 정보 수집을 맡았다. 한편 민영완 지사는 1942년 5월부터 1944년 4월까지 운남성 곤명 소재 중국 중앙공군군관학교에서 보험산실장(保險傘室長)을 지냈다. 그 뒤 광복군에 입대하여 총사령부에 복무 중 광복을 맞이하여 1945년 11월 23일 김구 주석 등과 함께 귀국하였다.

정부에서는 고인의 공훈을 기리어 1990년에 건국훈장 애국장(1977년 건국포장)을 추서하였다.

4) 민영숙 지사의 시아버지 권준 지사

권준(1895.5.2. ~ 1959.10.27.)지사는 민영숙 지사의 시아버지다. 권준 지사는 경북 상주 출신으로 1917년 광복회 조직에 참여하여 격렬한 항일투쟁을 펼치다가 만주로 망명하여 신흥무관학교를 졸업하였다. 1921년 북경에서 김원봉과 같이 의열단을 조직하고 군자금 조달, 폭탄 제조 등의 임무를 맡아 종로경찰서, 총독부, 동양척식회사 등의 폭탄 투척, 일본 동경 김지섭 지사의 이중교(二重橋) 폭탄 투척 등을 적극 지원하였다.

▲ 대구 상리공원에 세워진 권준 장군 흉상 제막식에서(2016.10.10.) 권준 장군의 손자 부부
권영혁, 손경숙 씨

1926년에는 중국 황포군관학교에서 군사훈련을 수료(4기)하
고 북벌전(北伐戰)에 참전하여 활약하였다. 같은 해 한구(漢口)에
서 열린 한국, 중국, 인도, 몽고, 베트남, 대만인 등으로 조직된 동
방피압박민족연합회에 한국대표로 참석하여 집행위원에 뽑혔다.
1932년에는 남경에서 중국정부의 후원을 받아 한국인군사학교를
설립하고 교관으로 독립운동 간부를 양성하는 한편 민족혁명당에
입당하여 활약하였다. 1934년에는 중국군 연장(連長)으로 독립운
동을 측면 지원하면서 항일전에 참전하였다. 1944년 중경 임시정
부에서 내무부차장에 임명되어 활약하다가 광복을 맞이하였다.

정부에서는 고인의 공훈을 기리어 1968년에 건국훈장 독립장을
추서하였다.

5) 민영숙 지사의 남편 권태휴 지사

권태휴(1917.1.10. ~ 1990.1.15.) 지사는 민영숙 지사의 남편이다. 권태휴 지사는 경부 상주 출신으로 1927년 가족을 따라 중국으로 건너갔다. 1937년 중일전쟁이 일어나자 중국 중앙군관학교 특별훈련반에 입교하여 1942년 6월에 군사교육을 마치고, 조선의용대에 입대하여 활동하였다. 1943년부터는 임시정부의 밀령을 받고 화중(華中) 일대에서 정보수집 등의 활약으로 독립운동에 헌신했다.

▲ 민영숙·권태휴 지사 혼인식 (중국 중경. 1945년 무렵)

정부에서는 그의 공훈을 기리어 1990년에 건국훈장 애국장 (1977년 건국포장)을 수여하였다.

* 민영숙 지사의 사촌동생 민영주 지사 집안의 독립운동 이야기는 《서간도에 들꽃 피다》 9권에 실음.

오매불망 조국 광복의 화신이 되고자 맹세하던
백옥순

이 몸 하나 던져
암울한 조국의 빛 찾고
신음하는 동포를
살려낸다면

포탄 속에 뛰어들어
산화된들 무엇이 두려우랴

빼앗긴 나라
되찾지 못한다면
살아도 산목숨이 아니오
죽어도 이역의 혼이라

오매불망
조국 광복의 화신으로
남고자 맹세했던

그대는
서른 살 광복군 맏언니였었네.

백옥순 지사

백옥순 (白玉順, 1913.7.30. ~ 2008.5.24.) 애국지사

　백옥순 지사는 평안북도 정주 출신으로 남편 김해성 지사 역시 광복군으로 부부 독립운동가다. 백옥순 지사는 중국으로 건너가 1942년 3월 광복군 제2지대에 입대하여 미육군특전단 장교들이 시행하는 훈련을 받았다. 그 뒤 자금모금 및 연락체계 구축 등의 특수훈련을 받고 국내에 몰래 들어와 활동하던 중 광복을 맞았다. 대한민국임시정부는 대일항쟁을 위한 준비로 1940년 9월 17일 중경에서 한국광복군총사령부를 창설하였다.

　광복군은 창설 직후 총사령부와 3개지대를 편성하였으며 총사령부는 총사령 지청천, 참모장 이범석을 중심으로 구성되었고, 제1지대장 이준식, 제2지대장 공진원, 제3지대장 김학규 등이 임명되어 단위부대 편제를 갖추었다. 총사령부는 약 30여명 안팎의 인원으로 구성되었으며 초기 여자광복군으로 입대한 사람은 오광심, 김정숙, 지복영, 조순옥, 민영주, 신순호 등이었다.

　광복군은 각지에 흩어져 활동하던 한인 항일군사조직을 흡수하여 통합하는 데에 힘을 쏟았다. 1941년 1월에 한국청년전지공작대가 편입되었으며, 1942년 7월에는 김원봉이 이끌던 조선의용대의 일부가 흡수되었다. 이로써 광복군은 지청천 총사령과 김원봉 부사령 밑에 3개지대와 제3전구공작대, 제9전구공작대, 토교대를 두게 되었다. 또한, 중국 각지에 징모분처를 설치하고 한국청년 훈련반과 한국광복군 훈련반이라는 임시 훈련소를 운영하였으며 기관지 《광복》을 펴냈다.

　정부에서는 그의 공훈을 기리어 1990년에 건국훈장 애족장(1977년 대통령표창)을 수여하였다.

▲ 한국광복군 총사령부 정훈처가 발행한 기관지 《광복》

더보기

남편 김해성 지사도 독립운동가

　김해성 지사(1907.7.12. ~ 1950.9.16.)는 백옥순 지사의 남편으로 함께 광복군으로 뛰었다.

　김해성 지사는 중국 중앙전시간부훈련 제4단 특과 한청반(韓靑班)을 수료하고, 광복군 제5지대에 편입되었다가 다시 제2지대 제2구대 제2분대에 소속되어 활동하였다.

　한청반의 성립은 전지공작대원들을 전방으로 파견하기 전에 재교육을 시키기 위한 것이었다. 그리하여 한청반은 1940년 2월에 시작하여 같은 해 7월에 교육을 마칠 수 있었다. 당시 1기 훈련 반은 나중의 2기, 3기 훈련반과는 달리 그 수도 적었고 훈련시간도 짧았다.

▲ 광복군 제2지대 신년 경축대회(1941. 중국 서안)

대한민국 임시의정원 문서에 따르면 1945년 4월, 광복군의 모든 병력 수는 339명이었으며, 같은 해 8월에는 700여 명으로 성장하였다. 광복군 가운데 2018년 3월 현재, 정부로부터 독립유공자로 서훈을 받은 사람은 남성이 567명이고 여성은 31명이다.

정부에서는 고인의 공훈을 기리어 1990년에 건국훈장 애국장 (1977년 건국포장)이 추서하였다

개성 호수돈여학교의 불꽃
신경애

기미년 만세물결
온 나라 울려 퍼질 때
개성의 불씨를 당긴 이여

임은
어윤희, 조화벽 선배들과
당당한 목소리로
조선의 독립을 외쳤어라

그 함성 거름으로
청년동맹 기수 되어
피의 항쟁 앞장 선 이여

뛰는 가슴으로
조국 광복 이뤄낸 투지

호수돈의 불꽃되어
영원히 타오르리라.

신경애 지사

신경애 (申慶愛, 1907. 9. 22. ~ 1964.5.13.) **애국지사**

▲ 신경애 지사 무덤 (국립대전현충원)

　신경애 지사는 개성 호수돈여학교를 졸업하고, 1927년부터 중앙여자청년동맹·근우회·신간회 회원으로 사회주의 운동에 참여하였다. 근우회는 1927년 여자의 단결과 지위향상이라는 강령으로 창립총회를 열었고 1931년 초까지 70여 지회가 나라안팎에 조직되었다. 여성 지위향상을 위해 사회적·법률적 일체 차별 철폐, 봉건적 풍습과 미신타파, 조혼폐지 및 혼인의 자유, 부인노동의 임금차별 철폐 등으로 사회구조적 문제와 경제적 차별에 문제를 제기했다.

　신경애 지사는 1927년 4월 16일, 중앙여자청년동맹 제1회 정기총회에서 집행위원에 뽑혀 서무부원으로 4월 25일 제1회 집행위원회에 참석하였다. 9월 8일에는 근우회 상무집행위원회에 참석하였다. 12월 12일 서울청년회 수제회(首題會)에서 준비위원으로 뽑혔다. 1928년 7월 30일 근우회 경성지회 수제회에서 정치문화부를 맡게 되었으며 9월 10일 근우회 본부 및 지회 연합위원회가 열렸을 때 관북지역 수해 동정금 모금 위원에 뽑혔다. 12월 18일 신간회 광주지회 기금부(基金部) 부원으로 활동하였다.

▲ 79명 중에서 첫날 5명만 출정, 신경애 지사 관련 기사
　(조선중앙, 1934.3.10.)

1929년 7월 27일부터 29일까지 3일 동안 근우회 제2회 전국대회가 경운동 천도교기념회관에서 열렸는데, 이때 광주지회 대의원으로 참석하였고, 경기도 전형위원에 뽑혔다. 1929년 9월 10일 광주 흥학관에서 조선청년총동맹 전남 도연맹 제2년 제2회 정기대회에서 집행위원으로 활약했다. 1931년 4월, 신철·정종명과 함께 5월 1일 노동절을 기념하여 전날 4월 30일에 서울에서 일제히 공장이나 노동자들이 모이는 장소에 격문을 뿌려 노동운동을 선

동하기로 계획하였다. 그러나 일제에 발각되어 4월 22일에 용산 경찰서에 잡혀 들어갔다.

신경애 지사는 5월 27일 이른바 치안유지법 위반으로 경성지방 법원 검사국에 송치되었으나, 7월 1일 경성지방법원에서 기소유 예로 풀려났다. 그러나 그해 8월 좌익노동조합 전국평의회조직준 비회에 가입하여 12월까지 조선공산당 재건에 주력하던 중 다시 잡혀 옥고를 치렀다.

정부는 고인의 공훈을 기리어 2008년에 건국포장을 추서하였다.

더보기

개성 만세운동의 중심학교, 호수돈여학교

호수돈여학교(현, 호수돈여자중고등학교)는 도산 안창호 선생이 "어느 여학교와 비할 데 없이 조선의 딸로 길러주는 학교"라고 말 할 정도로 민족주의 색채가 강한 학교였다. 미국 남감리교회의 여 성선교 사업 책임자였던 캐롤 여사가 1899년 개성 지방의 인삼 저 장고였던 쌍소나무집을 사들여 12명의 여학생으로 수업을 시작하 였다. 1904년, 송도지방에 여학교가 들어서길 바라던 주민들의 모 금으로 45원을 투자하여 개성여학당이라는 이름으로 개교하였으 나 1938년 호수돈고등여학교로 이름을 바꾸었다. 그 뒤 1941년에 는 명덕학교로 다시 바뀌었다가 1953년 대전에서 개교하여 지금 의 호수돈여자고등학교로 자리 잡았다.

개성시절의 호수돈여학교는 3·1만세운동의 중심지 역할을 하

▲ 조화벽 지사

▲ 어윤희 지사

였는데 특히 비밀결사대원으로는 조숙경, 이향화, 권명범, 이영지, 유정희, 조화벽, 김정숙, 어윤희 등을 들 수 있다. 특히 어윤희 (1881.6.20. ~ 1961.11.18.) 지사는 1915년 서른다섯의 나이에 호수돈여학교를 졸업하고 개성 만세운동에 앞장섰으며 조화벽 (1895.10.17. ~ 1975.9.3.) 지사는 강원도 양양 출신으로 유관순 열사의 오라버니인 유우석 지사와 함께 양양 지역의 독립운동과 교육사업에 헌신했다.

또한 심영식(1887.7.15. ~ 1983.11.7.) 지사도 호수돈여학교 출신이다. 심영식 지사는 맹인이라는 부자유스런 몸을 이끌고 1919년 3월 3일 송도면에서 일어난 만세운동에 맨 앞에 서서 호수돈여학교 학생들과 함께 독립만세를 부르다가 일경에 잡혀 들어갔다. 이 일로 1919년 5월 6일 경성지방법원에서 이른바 보안법 위반으로 징역 10월형을 선고받아 1년여의 옥고를 치렀다.

정부에서는 고인의 공훈을 기리어 1990년에 건국훈장 애족장을 추서하였다.

어둠 몰아내고 조국에 빛 안긴 광복군

신순호

극에 달한 일제의 아시아 침략
조국에 불어 닥친
광풍의 회오리바람

포탄 속 피 비린내 나는
이역 땅 중국에서
광복군에 온몸 바친 여전사

살아 백년 보다
죽어 천년의 각오로
벼랑 끝 조국 운명을
빛으로 이끈 투혼

민족정기의
영원한 표상으로
길이 남으리.

신순호 지사

신순호 (申順浩, 1922.1.22. ~ 2009.7.30.) 애국지사

　신순호 지사는 충청북도 청원 출신으로 1938년 8월에 한국광복진선청년공작대에 입대하여 한중 합동으로 항일운동을 펼쳤다. 그 뒤 1940년 9월 17일 한국광복군이 창립되자 여군으로 지원하였다. 1942년 9월에는 임시정부 생계위원회 회계부에 파견되어 근무하였으며 1945년 8월에 임시정부 외무부 정보과에 파견되어 근무하던 중 광복을 맞이하였다.

▲ 어머니 오건해, 아버지 신건식 지사는 부부 독립운동가다. 뒷줄이 신순호 지사

　대한민국임시정부는 대일항쟁을 위한 준비로 1940년 9월 17일 중경에서 한국광복군 총사령부를 창설하였다. 광복군은 창설 직후 총사령부와 3개지대를 편성하였으며 총사령부는 총사령 지청천, 참모장 이범석을 중심으로 구성되었고, 제1지대장 이준식, 제2지대장 공진원, 제3지대장 김학규 등이 임명되어 단위부대 편제를 갖추었다.

총사령부는 약 30여명 안팎의 인원으로 구성되었으며 초기 여자광복군으로 입대한 사람은 신순호, 오광심, 김정숙, 지복영, 조순옥, 민영주 등이다. 이들은 주로 사령부의 비서 사무 및 선전 사업 분야에서 활동하였다.

광복군은 각지에 흩어져 활동하던 한인 항일군사조직을 흡수하여 통합하는 데에 힘을 쏟았다. 1941년 1월에 한국청년전지공작대가 편입되었으며, 1942년 7월에는 김원봉이 이끌던 조선의용대의 일부가 흡수되었다. 이로써 광복군은 지청천 총사령과 김원봉 부사령 밑에 3개지대와 제3전구공작대, 제9전구공작대, 토교대를 두게 되었다. 또한, 중국 각지에 징모분처를 설치하고 한국청년 훈련반과 한국광복군 훈련반이라는 임시 훈련소를 운영하였으며 기관지 《광복》을 펴냈다.

▲ 신순호 박영준 부부독립운동가 결혼증서 (경기도박물관 제공)

임시의정원 문서에 따르면 1945년 4월 당시 광복군의 총 병력 수는 339명이었으며, 같은 해 8월에는 700여 명으로 성장하였다. 광복군 가운데 2018년 3월 현재, 정부로부터 독립유공자로 서훈을 받은 분은 남성이 567명이고 여성은 신순호 지사를 포함하여 31명이다.

정부에서는 그의 공훈을 기리어 1990년에 건국훈장 애국장 (1977년 건국포장)을 수여하였다.

🔍 더보기

1) 독립운동가 아버지 신건식, 어머니 오건해 지사

신순호 지사의 어머니와 아버지는 모두 독립운동가로 활약하였다. 어머니는 오건해 지사는 1940년 한국혁명여성동맹 창립에 참여하였으며, 1942년부터 해방 때까지 한국독립당당원으로 활동하였다. 한편 아버지 신건식 지사는 1912년 4월, 중국 절강성에 있는 항주 의약전문학교를 졸업하고 예관 신규식, 단재 신채호, 박찬익 등과 함께 생활부조, 국사협력을 논의키 위해 만든 동제사(同濟社)와 대동보국단(大東輔國團)에 가입하여 독립운동을 하였다. 1923년 4월, 신건식 지사는 중국군 중교(中校)로 항주 군의학교 외과 주임에 임명되었으며 이후 중국군으로 복무하면서 우리 동포를 돕고 임시정부의 활동을 도왔다.

신건식 지사는 1939년에 중경으로 이전한 대한민국 임시의정원 제31회 회의에서 충청도 대표의원으로 뽑혀 1945년 광복 때까지 입법 활동을 통하여 해외에서의 독립운동을 제도적으로 지원하는데 온힘을 쏟았다. 1941년에는 임시정부 재무부원으로 활약하였고, 1943년 3월 4일에는 임시정부 재무부차장에 임명되었다. 1944년 3월에는 한국독립당을 조직하여 감찰위원에 뽑혔으며 1945년까지 임시정부의 재정을 맡아 큰 힘을 쏟았다.

어머니 오건해 지사는 2017년 건국훈장 애국장, 아버지 신건식 지사는 1977년에 건국훈장 독립장을 추서 받았다.

2) 남편 박영준 지사도 독립운동가

박영준(1915.11.1. ~ 1993.3.27.) 지사는 1938년, 한국광복진선 청년공작대에 들어가 항일연극과 강연, 합창, 그리고 전단을 뿌리는 등 반일사상을 드높이는 일과 병사모집 활동을 펼쳤다. 1939년 11월 중경에서 임시정부의 인재양성계획에 따라 중국중앙군관학교 특별훈련반 교통과에 입학하였으며, 1941년 12월, 중국중앙군관학교 제17기를 졸업하였다.

중앙군관학교에 재학 중이던 1940년에 한국광복군이 창설되자 박영준 지사는 광복군 제3지대에 배속되어 지대장인 김학규 밑에서 간부로 활동하였다. 박영준 지사는 일본군에 강제로 징집되어 참전한 한국사병들을 초모(모집)하기 위해 노력했으며 다수의 학병과 지원병 및 징집병을 포섭하여 이들을 한국광복군에 배치시켰다.

1942년 4월에는 상위(上尉)로 중경에 있는 한국광복군 총사령부 서무과에 배치되었으며 1943년 1월에는 임시정부 한인청년회 문화부장으로, 그리고 8월에는 총사령부 서무과장으로 일했다. 1944년 6월에는 이시영 재무장으로부터 위임장을 받고 임시정부 재무부 이재과장으로 일했다. 1945년 3월부터는 광복군 제3지대 제1구대장 겸 제3지대 훈련총대장으로 활약하였으며, 8월에는 개봉지구로 파견되어 그 곳에서 광복활동을 펼쳤다. 그 뒤 만주로 가서 대한민국 주화대표단 동북 총판사처 외무주임을 맡았다.

정부에서는 그의 공훈을 기리어 1977년에 건국훈장 독립장을 수여하였다.

임시정부 군자금 모금에 앞장 선
안애자

임 고향 진남포는
일찍이 안중근 의사가
삼흥학교 세워
겨레 얼 키우던 곳

그 정기 이어받아
일제 만행에 반기 들고

애국부인회 만들어
마련한 군자금

국권회복 밑거름 되어
민족정기 꽃으로
활짝 피었네.

안애자 (安愛慈, 1869 ~ 모름) 애국지사

"재작년 팔월 경 평양에서 야소 감리파와 장로파의 다수한 부인이 연합하여 조선독립의 목적을 성취하기 위하야 대한애국부인회라는 회를 조직하였다. 이들은 강서, 증산, 진남포 등 중요한 지방에 지회를 설치하고 임원을 선정하여 부인네들이 손수 독립운동자금을 모집하여 재작년 11월 경 상해 임시정부에 다수한 금전을 보냈다.(뒷줄임)"

이는 동아일보 1921년 2월 27일치 '평양의 대한애국부인회 공소 판결' 이라는 기사 가운데 일부다. 이 일로 대한애국부인회 소속 여성들은 평양복심법원에서 길게는 징역 3년에서 짧게는 1년을 선고받았는데 안애자 지사는 53살 고령의 나이로 징역 2년 6월을 선고 받았다. 이 날 기사에서 '피고들은 태연자약한 태도로 조금도 놀라지 않아 판사들을 놀라게 했다.' 고 보도했다.

안애자 지사는 1920년 5월 평안남도 평양에서 대한애국부인회(大韓愛國婦人會)를 조직하고 진남포 감리교 지회장으로 뽑혀 대한민국임시정부 후원, 군자금 모금, 배일사상을 드높이는 활동을 하였다. 1919년 6월, 당시에는 평양을 중심으로 하는 기독교 장로파와 감리파의 부인 신도들이 각기 자기 교파의 부인 신도들을 결속하여 대한민국임시정부의 독립운동 원조를 목적으로 하는 애국부인회라는 비밀결사를 조직하였다.

그러나 대한민국임시정부의 요원인 김정목·김순일 등의 권유로 두 교파는 서로 제휴·연합을 논의한 끝에 11월에 합치기로 하고 이름을 대한애국부인회라고 지었다. 대한애국부인회는 본부를 평양에, 지회를 각지에 둘 것, 본부의 임원은 두 파가 공평하게 선임할 것, 이미 설치된 각파 부인회는 그대로 지회로 할 것, 각 지방의 각 파 부인 유지에게 권유하여 지회를 설립할 것, 일반으로부터 회비 이외의 군자금을 모금할 것 등을 결의하였다.

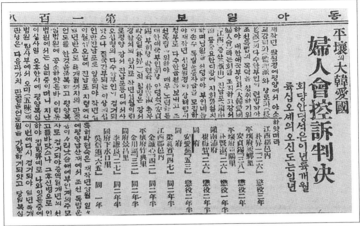

▲ 안애자 지사의 판결 기사 '평양의 대한애국부인회 공소 판결' (동아일보 1921. 2. 27.)

대한애국부인회는 1920년 11월 군자금을 모금하여 대한민국임시정부로 송금하던 중 금산지회장 송성겸이 일경에 잡힘으로써 이 단체가 발각되었다. 안애자 지사는 이 일로 1920년 12월 2일 강서경찰서에 잡혀가 1921년 2월 23일 평양지방법원에서 징역 2년 6월을 선고받고 평양형무소에서 옥고를 치렀다.

정부는 고인의 공훈을 기려 2006년에 건국훈장 애족장을 추서하였다.

각 지역의 애국부인회 3곳은?

1) 대한민국애국부인회

대한민국애국부인회는 1919년 3월, 오현주(뒤에 변절)·오현관·이정숙 등이 3·1만세운동 투옥지사의 옥바라지를 목적으로 조직된 혈성단부인회에서 비롯되었다. 그 뒤 4월에는 최숙자·김희옥 등이 대조선독립애국부인회를 조직하였으며 두 부인회는 그 해 6월 임시정부에 대한 군자금 지원을 위해 통합하였다. 그러나 활약이 부진하여 또다시 김마리아 등이 나서서 대한민국애국부인회를 탄생시켰다.

▲ 가출옥한 애국부인단원, 이정숙, 장선희, 김영순, 황에스터(왼쪽부터) (동아일보.1922.5.9.)

대한민국애국부인회는 서울에 본부를, 지방에 지부를 조직하고 본부 부서를 대폭 개편하였으며 종래에 없던 적십자부장과 결사부장을 각 2명씩 두어 항일독립전쟁에 임할 철저한 자세를 가졌다. 본부 부서에는 회장 김마리아, 부회장 이혜경, 총무 황에스터, 재무장 장선희, 적십자부장 이정숙·윤진수, 결사부장 백신영·이성완, 교제부장 오현주(뒤에 변절), 서기 신의경, 부서기 김영순 등이 활약하였다.

2) 대한애국부인회

대한애국부인회는 1919년 6월 조직되었으며 안애자 지사가 활약한 조직이다. 평양 중심의 대한애국부인회는 평양장로교계 부인회와 감리교계 부인회가 각기 대한민국임시정부를 지원하던 중 임시정부의 권유에 따라 연합하여 평양에 연합회 본부를 두고, 지방에 지회를 두어 활약한 비밀결사로 1919년 11월 대한애국부인회로 통합되었다. 이들은 ① 본부는 평양에 두고 지회는 각지에 둔다. ② 본부의 임원은 양쪽 부인회에서 공평하게 선임한다. ③ 기존 각 부인회는 모두 지회로 한다. ④ 지방교회 부인들을 권유하여 지회를 설치한다. ⑤ 회비 외로 군자금을 모집한다. 등의 내용에 각각 서명하고 통합했다.

이 애국부인회의 총재는 오신도, 회장은 안정석, 부회장은 한영신이었다. 이들은 동지를 모으고 지회를 늘렸으며, 군자금을 모금하여 임시정부에 보내는 등 항일사상을 드높이는 사업을 펼쳤다.

3) 상해 대한민국애국부인회

상해 대한민국애국부인회는 나라 안에서 애국부인회가 조직되어 활발하게 활약하자 1919년 10월 13일 상해에서 조직한 단체이다. 회장 이화숙, 부회장 김원경, 총무 이선실, 서기 이봉순·강현

석, 회계 이메리·이교신 등이 맡아 활약하였다. 상해 대한민국애
국부인회는 임시정부의 활동을 지원하는 역할을 맡아 활약하였으
나 임시정부가 피난길에 오르자 활동이 부진하다가 1943년 2월
23일 중경에서 각계 여성 50여 명이 애국부인회 재건대회를 갖고
주석 김순애, 부주석 방순희, 그밖에 조직·선전·사교·훈련·서무·
재무 등에 각각 부장을 두고 활약하였다.

이들은 정치·경제·사회·문화 각 분야에서 남녀 간에 실질적으로
동등한 권리와 지위를 누리는 민주주의공화국 건설에 적극 참가
하여 공동 분투하겠다는 7개 항의 남녀동권향유강령을 반포하였
다. 제2차 세계대전 때는 일본의 패망을 촉구하는 방송, 일선 군인
위문, 여성에 대한 계몽교육 등 다양한 활동을 펼쳤다.

태항산 정기 받은 늠름한 광복군
안영희

진달래 꽃 피는
고향 진남포 떠나
고난의 광복군 내디딘 걸음

이국 산하에 휘몰아치던
눈보라 거친 바람 뚫고

제국주의 타도에
신명을 다 바친 임

붉은 피 흘림을
두려워 않고

목숨마저 초개처럼 던져버린
숭고한 조국애는

태항산의 정기런가
백두의 얼이런가.

안영희 지사

안영희 (安英姬, 1925.1.4. ~ 1999.8.27.) 애국지사

　안영희 지사는 평안남도 진남포 용정리 출신으로 15살 때인 1940년 중국 서안에서 한국청년전지공작대에 입대하여 항일운동을 펼쳤다. 한국청년전지공작대는 같은 해 9월에 광복군창설과 함께 광복군 제5지대에 편입되었으며 안영희 지사는 이후 제2지대 본부 의무실에 배속되어 복무하였다. 안영희 지사는 남녀대원들과 함께 말을 타고 총을 쏘며 군사훈련을 받았으며 산파역할과 간호활동, 자금 전달 및 연락책으로도 활약했다. 안영희 지사가 입대한 한국청년전지공작대는 한인청년들을 정예병사로 길러내기 위한 초모활동을 비롯하여 중국군과 연계활동을 지속적으로 이어갔으며 기관지인 《한국청년(韓國青年)》을 펴냈다.

▲ 한국청년전지공작대가 펴낸 기관지 《한국청년(韓國青年)》 표지

《한국청년(韓國靑年)》에 실린 한국청년전지공작대의 이념을 살펴보면 "한·중 두 나라의 공동의 적은 일본 제국주의이다. 일본제국주의가 타도되지 않는 한 한·중 두 나라의 해방이 가망 없을 뿐만 아니라, 동아 내지는 세계의 진정한 평화도 기약할 수 없는 일이다. 항일전쟁에서의 승리는 곧 한국의 독립, 한국 민족해방 승리의 개시인 것이다. (가운데 줄임) 중국 항일전쟁과 한국의 독립, 한민족의 해방운동이 일본 제국주의의 타도에 있음은 그 의의에 있어서나, 행동에 있어서 이것을 분리할 수 없는 것이다. 또 분리하여서도 안 될 일이다."고 주장하고 있으며 이를 통해 일제국주의 타도는 당시 한국과 중국의 최후 목표였음을 알 수 있다.

안영희 지사가 가담한 한국청년전지공작대는 광복군의 전신으로 광복군은 창설 직후 총사령부와 3개지대를 편성하였다. 총사령부는 총사령 지청천, 참모장 이범석을 중심으로 구성되었고, 제1지대장 이준식, 제2지대장 공진원, 제3지대장 김학규 등이 임명되어 단위부대 편제를 갖추었다. 총사령부는 약 30여 명 안팎의 인원으로 구성되었으며 초기 여자광복군으로 지원한 사람은 안영희 지사를 비롯하여 오광심, 김정숙, 지복영, 조순옥, 민영주, 신순호 등이었다. 대한민국임시의정원 문서에 따르면 1945년 4월 당시 광복군의 총 병력 수는 339명이었으며, 같은 해 8월에는 700여 명으로 성장하였다. 광복군 가운데 2018년 3월 현재, 정부로부터 독립유공자로 서훈을 받은 분은 남성이 567명이고 여성은 안영희 지사를 포함하여 31명이다.

정부에서는 그의 공훈을 기리어 1990년에 건국훈장 애국장(1977년 건국포장)을 수여하였다.

광복군 전단계인 "한국청년전지공작대"는 어떠한 조직인가?

1937년 7월 일제가 중일전쟁을 일으켜 중국 내륙지방을 침공함에 따라, 조선혁명자연맹의 나월환·김동수·박기성 등이 조직한 독립운동단체다. 이 조직은 광복군을 결성하기 위한 전단계로 1939년 11월 11일 중경에서 결성되었다. 당시 중국 신문에서는 "30여명으로 출발한 이 청년전지공작대 중에는, 중국의 중앙군관학교를 졸업한 군관이 12명이나 있으며 그 밖의 대원들도 수년간 중국 군사기관에서 복무하였거나, 상해나 동북지역에서 독립운동에 종사하던 청년지사들"이라고 보도하였다.

▲ 한국청년전지공작대 환송식(1939.11.17.) 대원들은 서안으로 떠나기 직전 중경에서 임시정부 요인들과 기념사진을 찍었다.

결성 당시 대장은 나월환, 부대장은 김동수, 정치조장은 이하유, 군사조장은 박기성, 선전조장은 이해평이 맡았고, 대원으로는 조시제·맹조화·평지성·김원영·현이평·송길집·하상기·평지성의 부인·김작생·엄익근·김인 등이 참여하였다. 이후 한유한이 예술조장, 이재현이 공작조장으로 활동하였다. 일명 '복무대(服務隊)'라고도 불렀다. 처음에는 30여 명 정도로 시작하여, 광복군 제5지대로 편성될 시점에는 100여 명을 웃돌았다.

▲ 한국청년전지공작대 본부 소재지 (서안 이부가 29호 건물 입구)

　　결성 직후인 1939년 11월 18일 중경을 떠나 산서성 서안으로 이동한 전지공작대는 서안 이부가 (西安 二府街) 29호에 본부를 설치하고, 중국군 34집단군과 연계하여 활동하였다. 대원 중 16명은 34집단군에서 운영하는 중앙전시간부훈련단 제4단에 설치된 한국청년훈련반에 입교하여 3개월 동안 군사훈련을 받고 중국군 소위로 임관되었고, 나머지 대원들은 서안을 근거지로 삼고 퉁관을 경유, 뤄양·쟈오짜·원청·린펀·타이위앤·스쟈쫭·베이핑 등지로 연결되는 중국군 전구(戰區) 일선공작에 투입되었다. 이들은 일본군 점령지역에 침투하여 100여 명이 넘는 인원을 모집하는 등, 싼시성(陝西省)·산시성(山西省)·허난성(河南省) 일대와 화북지역을 무대로 큰 전과를 올렸다.

미주 독립운동의 마당발 맏언니
이성례

머나먼 이역 땅에서
애오라지 조국의 빛 찾아 뛴
임의 발자취 따라 나서

맨 처음 들른 곳
로스앤젤레스 로즈데일무덤

사정없이 내리쬐는
팔월의 뙤약볕 속

타국 땅에 숨져 누운
임의 무덤가에서

뒤늦은
한 송이 흰 국화
바치는 손 떨렸네.

이성례 지사

이성례 (李聖禮 , 1884 ~ 1963) 애국지사

"금월 22일 오후 8시에 국민총회관에서 본 여자 애국단회 대회를 열고 중요한 사건을 채택하려하오니 일반 회원은 모다 출석하시기를 바랍니다."

– 대한녀자애국단 나성지단장 리성례 근계–

이는 대한여자애국단 로스앤젤레스 지단장으로 활약한 이성례 지사가 1938년 5월 19일 〈신한민보〉에 낸 광고이다. 미주지역에서 활발한 활동을 편 이성례 지사는 1919년 8월 5일 미국 중가주 다뉴바에서 창단한 대한여자애국단 시절부터 두각을 나타내며 여성지도자로 독립운동에 나섰다. 뿐만 아니라 이성례 지사는 미주지역에서 1909년부터 1945년까지 남편 이암 지사와 함께 여러 차례 독립운동자금을 지원한 부부 독립운동가다.

▲ 여자애국총단 취임식(신한민보.1933.4.20.)

이성례 지사가 가입한 대한여자애국단은 일본 상품 안 쓰기, 독립기금을 모아서 상해 임시정부에 보내는 일 등을 주로 하였다. 그 뒤 1920년부터 1945년까지 대한여자애국단, 대한인국민회, 재미한족연합위원회 등에 참여하여 활동하였다. 이성례 지사는 1920년 4월, 대한여자애국단 맥스웰지부 단장, 1930년 이 단체의 로스앤젤레스지부 부단장 등을 역임하였다.

▲ 해외한족대회대표와 대한인부인구제회 회원들(하와이 호놀루루, 1941.5.1.) 앞줄 첫째는 심영신 지사이고 두 번째가 이성례 지사이다.

한편, 이성례 지사는 대한인국민회 로스앤젤레스지방회에서 1934년과 1935년 구제원, 1936년 7월 흥사단 제23대회 제2구역 로스앤젤레스지방대회 준비위원으로 활동하였다. 이어 1942년에서 1945년까지 재미한족연합위원회 집행부에서 활약하였다.

1945년 1월 조국 독립을 위한 군사공작을 촉진할 목적으로 열린 재미한족연합위원회 강화회의 참석하여 단체 합동과 집행부 강화에 힘을 쏟았다.

정부는 고인의 공훈을 기리어 2015년에 건국포장을 추서하였다.

남편 이암 지사도 독립운동가

이암(李巖, 1884.2.11. ~ 1968) 지사는 1907년부터 1945년까지 미주 공립협회(共立協會), 대한인국민회(大韓人國民會), 월로우스 한인비행사양성소 등에서 활동하였다. 1907년 4월 공립협회 샌 프란시스코지방회 회원, 1910년 1월 국민회(國民會) 리버사이드 지방회 대표원, 1916년 2월 클래몬트지방회 총무, 1917년 5월 법무로 활동하였다.

▲ 미국 LA 로즈데일무덤에 잠들어 있는 이성례, 이암 부부 무덤에 글쓴이는 흰 국화를 바쳤다.(2018.8.8.)

1920년 2월 캘리포니아주 윌로우스에서 노백린 등과 함께 한인 비행사양성소 취지서를 발표하였고, 7월 무렵 비행사양성소 간사로 활동하였다. 1921년 8월, 대한인국민회 맥스웰지방회원, 1922년과 1923년 대의원으로 선임되었다. 1923년 3월 1일 3·1절 기념경축식에서 독립선언서를 낭독하였으며, 1924년 1월에 열린 국민회대의회 대의원으로 참석하였다.

▲ 이성례, 이암 부부 독립운동가가 활약했던 미주지역 독립운동의 1번지. LA 대한인국민회 방문(민병용 한인박물관장, 최형호 장로, 글쓴이, 배국희 대한인국민회 이사장, 양인선 우리문화신문 기자)(2018.8.8.)

이암 지사는 1924년 12월 로스앤젤레스지방회 회장, 1925년 대의원, 1927년 총무·회장, 1928년 회장 등으로 활동하였다. 1931년과 1932년 부회장, 1933년과 1934년 회장, 1935년 법무, 1936년 학무, 1937년 집행위원 겸 학무가 되었고, 1938년 집행위원장으로 활동하며 국민회 창립기념식, 3·1절 기념식, 순국선현추도회 등을 거행하였다.

이암 지사는 1939년 1월 국민회 제3차 대표대회에 참가하여 중앙감찰원으로 뽑혔다. 1940년 로스앤젤레스지방회 집행위원 겸 선전위원, 5월 집행위원장, 1941년 감찰위원, 광복군후원금과 3·1성금 수전위원, 독립금 수봉위원, 1942년 집행위원장, 1943년 집행위원, 국민회 제7차 대표대회 감찰위원, 1944년 국민회 중앙집행위원회 집행위원, 1945년 국민회 중앙상무부 구제위원 겸 중앙집행위원 등으로 활동하였다. 1907년부터 1945년까지 여러 차례 독립운동자금을 지원하였다.

정부는 고인의 공훈을 기리어 2015년에 건국훈장 애족장을 추서하였다.

배꽃동산의 열혈 소녀
임경애

황해도 곡산의 꿈 많던 소녀
경성의 명문 이화학당서
고이 펼치던 나래 접고

빛고을 광주에서 날아온
학생만세운동 소식에
발 벗고 나섰네

나주역 통학열차에서 붙은 시비
왜놈들 혼쭐내던
광주학생 편에 서서

배꽃동산 열혈 소녀
일제 만행 저항하다

감옥에 갇혀서도
피 끓는 그 투혼
꺾이지 않았다네.

임경애 지사

임경애 (林敬愛, 1911.3.10. ~ 2004. 2.12.) 애국지사

임경애 지사는 이화여자고등보통학교에 재학 중 1929년 11월 일어난 광주학생운동 소식을 전해 듣고 1930년 1월 15일, 교정에서 최복순 등 300여 명의 학생들과 함께 태극기를 흔들며 독립만세를 외치다가 일경에 붙잡혔다. 광주학생운동의 발단은 1929년 10월 30일, 광주역을 출발해 나주역에 도착한 열차에서 승객들과 학생들이 개찰구를 빠져 나가고 있을 때 광주중학교에 다니는 일본인 학생 후쿠다 슈조(福田修三)가 박기옥과 이광춘 등의 여학생 머리를 잡고 희롱한데서 비롯되었다.

당시 열차로 통학하던 한국인과 일본인 학생들 사이에는 가끔씩 우발적인 충돌과 시비가 있었지만, 이날 사건은 10월 31일과 11월 1일에 각 각 통학열차와 광주역에서 한일 학생들 사이의 충돌로 이어졌다. 이 같은 일련의 사건이 한국인 학생들의 민족감정을 자극하면서 마침내 항일 시위를 부추겼다.

임경애 지사는 전국적으로 번진 광주학생운동에 앞장서서 동조 시위를 벌이다 1930년 3월 22일 경성지방법원에서 이른바 보안법 위반으로 징역 6월에 집행유예 3년을 선고받았다. 그 뒤 1941년, 태평양전쟁 시국(時局)을 활용하여, 반일·반전의식이 담긴 '만국부인기도회 순서' 라는 제목의 전단지를 나눠주다 또 다시 일경에 붙잡혀 조선 불온문서임시취체령(朝鮮不穩文書臨時取締令)위반이라는 죄명으로 평양지방법원에서 신문을 받았다.

정부에서는 고인의 공훈을 기리어 2014년에 대통령표창 추서하였다.

🔍 더보기

제2의 3·1만세운동, "광주학생독립운동"

1919년 3·1만세운동 이후에도 우리겨레의 일제에 대한 저항은 지속되었는데 1929년에 들어서서 광주고등보통학교를 비롯한 광주학생들의 항일기운도 위축되지 않았다. 그러던 1929년 3월 광주고등보통학교 학생 김몽길·여도현 등이 학칙 문란의 이유로 퇴학을 당하는 사건이 발생하였다. 이 사건으로 교내는 험악한 분위기가 감돌며 긴장이 계속되다가 광주학생 동맹휴교 1주년이 되는 6월 26일 5학년을 비롯하여 2·3학년 학생들이 수업을 거부하고 귀가하는 사태가 벌어졌다. 거기에다가 이날 통학열차가 운암역을 통과할 때 일본인 중학생 하나가 "조선인은 야만스럽다." 라고 한 말이 문제가 되어 일본인 중학생과 광주고등보통학교학생 사이에 충돌 사건이 일어났다. 이러한 일련의 사건 등으로 광주지방의 한·일 학생 사이의 감정은 더욱 악화되고 있었으며, 특히 광주 주변에서 기차로 통학하는 학생과 일본인 학생들의 관계는 긴박한 긴장감마저 돌게 되었다.

한·일 학생 사이의 대립이 폭발한 것은 1929년 10월 30일 오후 5시 반 광주발 통학열차가 나주에 도착하였을 때였다. 이날 나주역에서 통학생들이 개찰구로 걸어 나올 때 일본인 학생 몇 명이 광주여자고등보통학교 3학년 학생 박기옥, 이금자, 이광춘 등의 댕기 머리를 잡아당기면서 모욕적인 발언과 조롱을 하였다. 그때 역에서 같이 걸어 나오고 있던 박기옥의 4촌 남동생이며 광주고등보통학교 2학년생인 박준채 등이 격분하여 이들과 충돌하였다. 그러나 출동한 역전 파출소 경찰은 일방적으로 일본인 학생을 편들며 박준채를 구타하였다.

▲ 출옥한 6인의 여학생들, 최윤숙, 이순옥, 박계월, 송계월, 김진실, 임경애(동아일보. 1930.3.26.)

　그렇잖아도 끓어오르던 분노가 마침내 광주지역 학생들의 가슴을 불타오르게 했다. 학생들은 목숨을 걸고 일제국주의에 저항했으며 이 과정에서 수많은 학생과 교사들이 붙잡혀가는 고초를 당해야 했다. 1928년 6월부터 동맹 휴교 형태로 끓어오른 광주학생의 대일 항쟁의 의의는 다음 두 가지로 요약할 수 있다.

　첫째, 광주 학생들은 당시 사회운동·청년운동을 포함한 민족 독립운동을 깊이 받아들였고 우리 민족이 일제의 강점으로 식민지화되어 있을 때 민족 독립을 위한 역사적 과제를 모색하는 생동력 있는 지성을 추구해 나갔다.

　둘째, 광주 지역에는 이미 학생들을 대상으로 한 성진회가 창립되어 민족 독립의 성취를 위한 이론을 다양하게 연구하여 대일항쟁요원을 육성, 조직하고 있어 학생운동이 가능했다. 이것은 그만큼 우리 민족이 철저한 독립의지를 갖고 활동하고 있었음을 입증하는 것이며 향후 그 뒤 모든 항일운동에 영향을 끼쳤다. 곧 광주학생운동은 민족교육을 주창하며 궐기한 거국적 민족독립항쟁이었던 것이다.

잠자는 여성 일깨운 대한여자애국단의
임성실

꿈에도 그리던 고향 떠나
머나먼 이역 땅에서
한 평생 독립의 끈
놓지 않던 임

애국단 대표되어
한인여성 보듬으며
독립자금 모으던 그 뜨겁던 가슴

고난에 찬 임시정부 살리고
조국에 희망을 심던 붉은 마음

이제 다 내려놓고
조국의 품으로 돌아와
무궁화동산에 누웠어라.

임성실 지사

임성실 (林成實, 1882.7.19. ~ 1947.8.30.) 애국지사

임성실 지사는 1919년부터 1944년까지 미국 캘리포니아주 다뉴바 신한부인회, 대한여자애국단 다뉴바 지부 등에서 활동하며 독립운동자금을 지원하였다. 1919년 3월 2일 다뉴바에서 신한부인회가 조직되자, 5월 18일 한인부인회 대표 양제현과 신한부인회 대표 강원신 등은 5개 지방 부인회를 통합하기로 결정하였다.

임성실 지사는 1919년 8월 2일 다뉴바에서 열린 부인회 합동발기대회에 한성선·이은기·이성애와 신한부인회 대표로 참석하여 합동결의안을 통과시키고 대한여자애국단을 조직하였다. 임성실 지사는 1921년 8월 대한여자애국단 다뉴바지부 단장으로 애국단 창립 2주년 기념식을 가졌고, 같은 해 11월 11일 제1차 세계대전 휴전 기념식 준비위원이 되었다.

▲ 임성실 지사 가족

한편, 상해에서 국민대표회 기성회가 조직되자, 11월 다뉴바에서도 국민대표회 기성회를 조직하였다. 임성실 지사는 1938년 11월 대한여자기독청년회 구제원, 1940년 대한여자애국단 로스앤젤레스지부 위원 등으로 활동하며 1919년부터 1944년까지 여러 차례 독립운동자금을 지원하였다.

미국에서 숨진 임성실 지사 유해는 남편 임성택 선생과 함께 LA 로즈데일무덤에 안장돼 있었는데 2017년 11월 16일, 고국의 품으로 돌아와 국립대전현충원 애국지사 제5-234 묘역에 안장되어 영면에 들었다. 이는 1903년 남편 임성택 선생과 함께 하와이 사탕수수 노동자로 처음 미국 땅을 밟은 지 114년 만에 고국으로 돌아온 것이다.

정부는 고인의 공훈을 기려 2015년에 건국포장을 추서하였다.

🔍 더보기

미주 독립운동가와 후손들이 모두 모이는 아주 특별한 광복절

– 이 글은 2018년 8월 11일, 로스앤젤레스 광복절 행사에 참석하고 쓴 기사임 –

"증조할머니(임성실 지사)를 직접 뵌 적은 없습니다만 증조할머니께서 조국독립을 위해 쏟은 헌신은 영원히 잊을 수 없는 일입니다. 증조할머니에 대한 관심을 가져 주셔서 고맙습니다."

이는 여성독립운동가 임성실 지사의 증손녀인 머샤(Marsha Oh Bilodean, 62살) 씨가 한 말이다. 2018년 8월 11일(현지시각) 오전 11시, 미국 로스앤젤레스 가든스윗 호텔에서는 미주지역의 독립운동가 후손들이 모이는 '제73주년 광복절 및 도산 기념동상제막 17주년 합동 기념식 – 파이오니어 소사이티 연례 오찬회 –가 있었다.

해마다 갖는 여러 단체의 광복절 기념행사 보다 한발 앞서 열린 이날 광복절 행사의 특징은 독립운동가 후손들이 한자리에 모이는 행사라는 점과 이 행사를 개인(홍명기 회장)이 17년째 자비를 들여 해오고 있다는 점이다. 사실 기자는 미국에서 이런 행사가 열리고 있다는 것을 처음 알았다. 그런 기자가 이 행사에 참석하게 된 것은 순전히 미주지역의 여성독립운동가를 위한 취재가 계기가 되었다. 미주지역에서 독립유공자로 서훈을 받은 여성독립운동가는 임성실, 차보석, 차인재, 공백순, 이성례 지사 등 모두 26명이다. (2018.3.1. 현재)

▲ 여성독립운동가 임성실 지사의 증손녀 머샤 씨와 함께

▲ 차인재 지사의 증손 부부와 함께 글쓴이

나라 안도 아니고 미주지역에서 활약한 여성독립운동가들의 발자취를 찾아 떠나는 일은 경비문제도 경비문제려니와 그 보다 더욱 어려운 것은 독립운동가 후손들의 개별 연락처가 없다보니 후손 분들을 만나보고 싶어도 만나기 어렵다는 점이다. 더구나 독립운동가로 활약했던 본인들은 모두 숨지고 이제는 손자세대인 2세들의 나이도 6~80살에 이르고 보니 말도 통하지 않는 이중고 상태에서 가까스로 로스앤젤레스에서 후손들이 한자리에 모이는 광복절 행사가 있다는 사실을 알고 한걸음에 달려갔다.

주최 측의 예상 인원 250명을 뛰어넘은 270여명이 모인 이날 "독립운동가 후손들을 위한 모임" 은 독립운동가 후손들에게는 말할 것도 없겠지만 그분들을 취재하는 글쓴이에게도 더없이 뜻 깊은 행사였다. 1년에 한 번씩 한자리에 모여 서로의 안부를 물으며 독립운동가 후손들끼리 따뜻한 정을 나누는 모습은 여느 광복절 행사에서 볼 수 없는 흐뭇한 광경이었다.

▲ 여성독립운동가 권영복 지사의 손자며느리 임인자 씨와 함께

　다만 모든 행사가 영어로 이어져 영어가 짧은 글쓴이로서는 아쉬움이 있었다. 하지만 이번 미주지역 취재에 동행한 양인선 기자의 따님인 이지영 씨가 샌디에이고에서 일부러 로스앤젤레스까지 올라와서 줄곧 통역을 맡아주어 큰 도움이 되었다. 이날 행사는 모두 2부로 나뉘어 진행되었는데 1부에서는 광복절과 도산 안창호 선생의 업적을 기리는 행사와 2부에서는 뷔페식으로 마련된 점심을 들면서 후손들의 친목을 다지는 시간을 가졌다. 특히 도산 안창호 선생의 막내 아드님인 안필영(93살, 랄프 안) 씨, 샌프란시스코에서 친일파 스티븐스를 저격한 전명운 선생의 따님인 전경영(94살) 씨 등 고령의 후손들이 참석하여 참석자들의 큰 손뼉을 받았다.

　한편 로스앤젤레스 총영사관 김완중 총영사는 이날 참석한 독립운동가 후손들을 일일이 소개했는데 특히 여성독립운동가인 김도연 지사, 이성례 지사, 박영숙 지사, 차인재 지사 등의 이름을 한국어로 불러줄 때는 눈시울이 뜨거워졌다. 1부 행사를 마치고 바

로 이어진 점심 뷔페는 잡채, 부침개, 삼겹살, 호박죽 등 한국 음식
들로 채워져 모처럼 후손들이 한국 음식을 나누며 담소하는 모습
이 정겨웠다.

▲ 올해로 17년째, 자비로 독립운동가 후손을 위한 광복절
잔치를 해오고 있는 홍명기 회장이 인사말을 하고 있다.

　독립운동가 후손들의 모임을 17년째 자비로 마련하고 있는 홍
명기(84살) 회장은 특수페인트로 미국 시장을 석권한 듀라코트사
를 세운 사람이다. 홍 회장은 1954년 유학으로 미국에 건너가 캘
리포니아대 로스앤젤레스(UCLA) 화학과를 졸업하고 26년 동안
화학회사에서 직장 생활을 하다가 51살의 나이로 창업을 했다. 그
때가 1985년으로 홍 회장은 컨테이너에서 하루 3시간씩 자면서

사업에의 열정을 불태운 결과 산업·건축·철강용 특수도료를 개발했고 이는 미국 굴지의 페인트회사로 성장했다.

▲ 2018년 8월 11일, 미국 LA가든스윗호텔에서 고국보다 한발 빠른 광복절 행사가 열렸는데 이는 독립운동가 후손을 위한 잔치였다.

홍 회장은 자신이 일군 부(富)를 자식에게 물려주지 않고 사회 환원을 위한 일에 쓰고자 2001년 1천만 달러를 출연해 '밝은미래재단' 을 설립, 교육과 장학사업을 펼치고 있다. 폐교 위기에 처한 남가주한국학원을 살려낸 것을 비롯해 도산 안창호 선생 동상 건립, 2003년 미주 한인 이민 100주년 기념사업, 항일독립운동의 성지로 꼽히는 LA 대한인국민회관 복원, '김영옥 재미동포연구소' 설립 등 동포들을 위한 일에 아낌없는 지원을 하고 있으며 독립운동가 후손을 위한 이번 제73주년 광복절 모임 역시 전액을 홍 회장이 지원했다.

독립운동가 후손을 위한 아주 뜻깊은 로스앤젤레스의 광복절 행사에 참석하고 보니 나라 안 상황이 궁금해졌다. 독립운동을 했던 선열들이 세상을 떠나고 그 뒤 1세들도 세상을 떴다. 이제 2세와 3세, 4세들로 이어지는 독립운동가 후손들을 1년에 한번만이라도 모두 모일 수 있도록 하는 행사가 국내에 있는지 궁금하다.

관주도의 형식적인 행사가 아니라 각 곳에 흩어져 살고 있던 후손들이 한자리에 모여 선열들을 기리며 우정을 다지는 훈훈한 자리를 개인이 17년째 해오고 있는 로스앤젤레스의 '아주 특별한 광복절' 행사는 행사를 위한 행사가 아니라 1년에 꼭 한번 기다려지는 "잔치"라고 참석자들은 입을 모았다.

▲ 글쓴이의 미주지역 여성독립운동가 취재에 많은 자료를 보내주고 현지에서 LA로즈데일무덤 등을 안내해준 민병용 LA 한인역사박물관장

특히 글쓴이는 여성독립운동가인 임성실 지사(2015.건국포장)의 증손녀인 머샤(Marsha Oh Bilodean) 씨를 비롯하여 차인재 지사(2018. 애족장), 강혜원 지사(1995. 애국장), 김도연 지사(2016.건국포장) 등의 후손을 만나 대담을 나눌 수 있어 기뻤다. 이날 짧은 만남이 아쉬워 귀국(18일) 전에 다시 개별적인 만남을 갖기로 약속하고 "아주 특별한 독립운동가를 위한 광복절 잔치"

가 열린 연회장을 나왔다. 이번 광복절 잔치에 관한 많은 정보를 제공해준 LA 한인박물관의 민병용 관장의 도움이 없었다면 불가능했던 발걸음 이었던 만큼 이 자리를 빌려 민병용 LA 한인박물관장의 노고에 감사 드린다.

아울러 미주지역 최초로 여성독립운동가 강연 자리를 마련해준 대한인국민회 배국희 이사장께도 고개 숙여 감사의 마음을 전한다. 글쓴이는 8월 16일(현지시각) 저녁 6시, LA가든스윗호텔에서 여성독립운동가들의 삶을 강연했다.

100여명이 동포들이 강연을 등은 뒤 그동안 잊고 지냈던 조국의 여성독립운동가에 대한 새로운 인식을 하는 계기가 되었다고 입을 모았다.

* 이 글은 2018년 8월 13일, 인터넷신문 〈우리문화신문〉에 실린 글임.

광주 소녀회로 똘똘 뭉친 여전사

장경례

무등산 정기 받은
빛고을 터에
독립의 나래 펼치려
모여든 벗들

시시각각 조여 오는
일제의 쇠사슬
끊으려 하다
철창 속에 갇혔지만

가슴 속 타오르는
뜨거운 횃불은
간악한 일제의 마수도
끄지 못해

그 빛으로
조국의 앞길 환히 밝혔어라.

장경례 지사

장경례 (張慶禮 , 1913.4.6. ～ 1998. 2.19.) 애국지사

"어머니(장경례 지사)는 광주공립여자고등보통학교(현, 전남여자고등학교) 제1회 입학생으로 1928년 11월, 동교생이던 장매성, 박옥련 등 11명과 함께 소녀회(少女會)를 만드셨습니다. 조국 독립과 여성해방을 목적으로 조직된 소녀회는 1929년 11월 3일, 광주학생독립만세운동이 일어나자 적극 참여하였고 시위 도중 부상을 입은 학생들을 치료하는 등 큰 활약을 했다고 들었습니다. 이때 어머니 나이 17살 때이셨습니다."

▲ 테니스부원으로 뛰던 장경례 지사, 뒷줄 왼쪽으로 부터 2번째(사진 전남여고 제공)

이는 장경례 지사의 따님인 허찬희(83살), 허은희(81살) 자매의 증언이다. 가을 햇살이 따스하던 2018년 10월 22일 월요일 낮 3시, 기자는 미리 약속한 장경례 지사의 따님이 살고 있는 수원 광교의 한 아파트를 찾았다. 장경례 지사의 큰 따님인 허찬희 씨 집에는 가까이에 살고 있는 동생 허은희 씨도 미리 와서 기자를 기다리고 있었다. 아파트 거실 창 너머로 보이는 호수공원에 짧은 가을 햇살이 긴 그림자를 드리우고 있는 가운데 우리는 어머니 장경례 지사의 학창시절 이야기로 시간 가는 줄 몰랐다.

"어머니는 당시 광주학생독립만세운동에 참여했다가 잡혀가는 바람에 박옥련, 장매성 등 학우들과 함께 퇴학 처분을 받아 졸업을 못하셨습니다. 일경에 잡혀가 1년이라는 기간 동안 감옥살이를 하기 이전에는 비밀결사 조직인 소녀회 회원으로 독립운동에 관여하면서 한편으로는 테니스 선수로 뛸 만큼 활발한 학교생활을 하셨지요."

▲ 광주여고보 제1회 졸업식, 장경례 지사는 광주학생운동으로 퇴학 처분 당해 사진에는 없다. (사진 전남여고 제공)

어머니 장경례 지사의 10대 시절을 더듬어 이야기 하던 두 따님은 어머니의 흑백사진이 들어있는 앨범을 꺼내 보여주면서 당시를 회상했다. 장경례 지사가 여학교를 다니던 무렵인 1920년대 중반, 조선에서는 사회주의 운동이 확대되면서 학생들 또한 그 영향을 받아 독서회 등 비밀결사 조직의 결성이 눈에 띄게 늘어나던 때였다. 이 무렵, 광주공립여자고등보통학교에서도 1928년 11월, 장매성, 장경례, 고순례, 박옥련, 남협협, 암성금자 등의 여학생들이 비밀결사인 소녀회(少女會)를 만들었다.

▲ 소녀회 공판을 알리는 〈동아일보〉 기사 (1930.9.30.)

장경례 지사 등은 소녀회 결성 이후 동지를 확충하는 한편 매달 한 번씩 월례연구회를 통하여 항일의식을 높여 나갔다. 이들은 소녀회에서 주역을 맡은 장매성의 오라버니가 이끌던 성진회(醒進會)의 항일정신을 계승하여 광주학생의 항일운동을 조직적으로 펼치기 위해 1929년 6월에 결성된 독서회 중앙본부와도 긴밀한 연락을 하고 있었다.

"어머니(장경례 지사)와 함께 광주학생운동에 참여했던 장매성, 박옥련 선생과는 오랫동안 연락을 하며 지내왔습니다. 장매성 선생은 어머니보다 2살 위였고 박옥련 선생은 어머니 보다 1살 아래였지요. 당시에 어머니가 일본경찰에 잡혀갔을 때 외할머니께서 사식(私食, 교도소나 유치장에 갇힌 사람에게 가족들이 음식을 마련하여 준 음식)을 넣어 주셨다고 했습니다." 허찬희 씨는 어머니와 함께 광주학생운동의 주동자인 장매성, 박옥련 지사와의 각별한 인연을 이야기했다.

장경례 지사의 따님으로 부터 사식 이야기를 듣고 있자니 백범 김구 선생 어머니가 떠올랐다. 김구 주석 어머니 곽낙원 지사(1992.애국장)는 아들이 해주에서 명성황후를 시해한 일본인을 처단하고 일경에 잡혀 인천 감옥에 수감되었을 때 인천으로 건너와 남의 집 허드렛일을 해주고 얻은 밥을 사식으로 교도소에 넣어주었다. 죄인 아닌 죄인으로 사랑하는 딸과 아들이 감옥살이 하는 것도 서러운데 끼니마저 사식으로 넣어주지 않으면 안 되었던 이 땅 어머니들의 고통을 새삼 통감해보았다.

▲ 장경례 지사가 재직 중이던 유치원의 체육대회 모습, 유치원생 뒤의 어른들 가운데 흰저고리와 검정치마(화살표) 모습이 장경례 지사

　"광주학생운동에 참여하여 퇴학을 당한 어머니는 잠시 유치원 교사로 있다가 개성에서 광주로 이주한 아버지(허명학)를 만나 혼인했습니다. 다행히 아버지께서는 광주에서 백화점을 경영하는 등 개성상인 정신을 발휘하여 집안은 넉넉한 편이었습니다. 그런 바탕 덕에 어머님은 억척스럽게 자녀교육을 시켰습니다. 하지만

딸들에게 신교육을 시킨 것은 외할머니에게서 물려받은 것 같습니다. 당시 여자 교육이 적극적이지 않던 시절에 어머니가 광주공립여자고등보통학교(현, 전남여자고등학교)를 다닌 것만 봐도 알 수 있지요. 저희 3자매는 모두 서울에 있는 이화여대로 유학을 했습니다. 여자도 배워야한다는 어머니의 굳은 신념이 아니었다면 우리 역시 교육을 받기는 어려웠을 겁니다."

▲ 장경례 지사의 20대 시절 (왼쪽) 민족교육을 철저히 시킨 광주공립여자고등보통학교 문남식 선생(앞줄), 뒤 오른쪽이 장경례 지사

올해 83살인 허찬희 씨와 동생 허은희(81살) 씨는 어머니 장경례 지사의 남다른 교육열 덕에 신교육을 받을 수 있음에 감사한 마음을 갖고 있다고 했다. 1930년 9월 30일치 〈동아일보〉에는 장경례 지사를 포함하여 장매성, 박옥련 등 광주학생독립만세

운동으로 구속된 여학생들의 공판 관련 기사가 사진과 함께 크게 보도되었다. 기사의 보도 규모만으로도 1929년 11월 3일 광주학생독립만세운동이 얼마나 큰 사회적 관심거리였나를 알 수 있다.

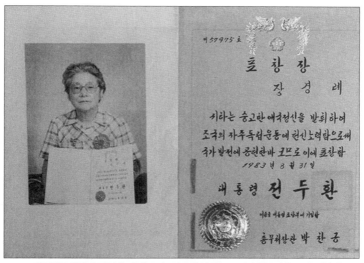

▲ 대통령표창장과 장경례 지사(1983), 장경례 지사는 1990년 애족장을 수여 받았다.

장경례 지사는 일경에 잡혀 수감되는 바람에 학교에서 퇴학당했다가 1954년 11월 3일에 가서야 전남여자고등학교로부터 명예졸업장을 받았다. 장경례 지사의 독립운동 시절 이야기를 나누는 대담 내내 두 따님은 나긋나긋한 목소리로 이야기를 이어나갔다. "어머니는 독립운동한 이야기를 많이 들려주시지는 않았습니다. 하지만 소녀회 동지였던 장매성, 박옥련 선생 등을 통해 당시의 이야기를 익히 들어 알고 있지요." 라며 겸손해 했다.

독립운동가 후손을 만나 이야기를 나눠보면 대부분 "부모님의 공적"에 대해 말을 아끼는 모습을 알 수 있다. 여자교육이 지금처럼 일반화 되어 있지 않은 시절, 어렵사리 들어간 여학교에서 독립운동 사실이 발각되어 일경에 잡혀간 것만으로도 이야기 거리는 넘칠 것이며, 징역 1년이라는 옥고를 치룬 사실 만도 대담거리는 차고 넘치련만 8순의 두 자매는 시종일관 차분하고 겸손한 모습으로 어머니의 독립운동에 관한 이야기를 들려주었다.

▲ 소녀회 관련 기사, 맨 아랫줄 가운데가 장경례 지사 〈동아일보〉(1930.9.30.)

교육열이 높았던 장경례 지사는 큰아드님이 미국에서 하버드대학을 나와 미국 주류사회에서 큰 활동을 할 무렵 미국을 오가며 장성한 손자 손녀들과 행복한 시간을 가졌다고 두 분의 따님은 전했다. 장경례 지사는 1997년, 84살을 일기로 숨을 거두었으며 돌아가시기 전인 1990년, 정부로부터 건국훈장 애족장(1983년 대통령표창)을 수여받았다. 유해는 국립대전현충원 애국지사 제2-709 묘역에 모셨으며 마침 미국에서 올케언니 가족이 방한 중이라 11월 초순에 어머니 묘소를 찾아갈 예정이라고 전했다. 화목한 가족의 모습을 지켜보면서 장경례 지사의 삶을 되돌아본 시간은 매우 뜻깊은 시간이었다.

* 이 글은 2018년 11월 1일, 인터넷신문 〈우리문화신문〉에 실린 글임.

▲ 두 따님과 글쓴이, 오른쪽이 허찬희, 가운데가 허은희 씨

하와이 독립운동에 앞장 선

정월라

사탕수수밭 노동자의 땅으로
건너간 임은

평양 애국부인회서
활약하던 인텔리 여성

가마솥 뙤약볕 아래서
피땀 흘려 번 돈

독립자금으로 아낌없이
쏟아 부어
광복의 불씨를 당기었네

그 뜨겁던 나라사랑
겨레의 가슴에
영원한 횃불되리라.

정월라 (1895 ~ 1959.1.1.) 애국지사

정월라 지사는 평안남도 평양 출신으로 3·1만세운동 직후인 1919년 6월, 평양에서 박승일·이성실·손진실 등 감리파 부인 신도 중심으로 조직한 애국부인회에 참여하였다. 이 모임은 상해 대한민국임시정부에 대한 지원과 독립정신 드높임 그리고 군자금 모금 등을 주요 활동 지침으로 삼았는데 정월라 지사는 대한애국부인회 본부 재무부장, 적십자부원 등으로 활동하였다.

1919년 6월 당시 평양에는 기독교 장로파와 감리파의 부인 신도들이 각기 자기 교파의 부인 신도들을 결속하여 대한민국임시정부의 독립운동을 돕고 있었는데 이를 안 임시정부 요원인 김정목·김순일 등의 권유로 두 교파는 서로 제휴·연합을 논의한 끝에 11월에 합치기로 하여 이름을 대한애국부인회라하고, 평양에 연합회 본부를 두되 주요 지방에 지회를 두는 계통적 비밀결사를 이루었다.

▲ 114년 된 정월라 지사가 다니던 하와이 그리스도연합감리교회(오른쪽) 교회 안에는 이민의 역사를 알리는 사진이 빼곡하다. (2017.4. 17. 하와이 감리교회에서 글쓴이)

정월라 지사는 33살 때인 1928년 하와이로 건너갔다. 무슨 인연으로 하와이로 건너가게 되었는지에 대한 기록은 남아있지 않으나 황해도 송화 출신인 심영신(沈永信, 1882 ~ 1975) 지사의 경우도 34살에 사진신부로 하와이에 건너간 것으로 보아 이 무렵 하와이행은 나이와는 무관한 선택이었던 것 같다. 그러나 한 가지 확실한 것은 심영신 지사가 그러하듯 정월라 지사 역시 독실한 기독교신자이었음에는 틀림없다. 정월라 지사가 교회 중심의 단체에서 활약한 사실이 그것을 입증해주고 있다. 정월라 지사는 호놀룰루 감리교회 부인보조회 회장을 맡아 활약하였으며 그 뒤 1942년 독립금예약수봉위원회 수봉위원, 1944년 조선민족혁명당 하와이지부 선전부원, 1945년 동 지부 사교부원 등으로 활동하였으며 1938년부터 1944년까지 여러 차례 독립운동 자금을 지원하였다.

정부에서는 고인의 공훈을 기리어 2018년에 대통령표창을 추서하였다.

더보기

미주지역 여성독립운동가들은 누구인가?

미주지역 한인들의 첫 집단 이주는 하와이 사탕수수 농장 노동자로 일하기 위해 1902년 12월 22일 첫배가 인천항을 떠나 1903년 1월 13일 하와이 호놀루루항에 도착하면서부터 시작된다. 첫 이민배에 탄 사람들은 121명이었으나 중간 기착지인 일본 고베항에서 신체검사 중 20명이 탈락하고 합격한 101명이 최종 하와이 땅을 밟은 것이 미주지역 이민의 시작이다. 첫 이민배가 뜬 이후 1905년 6월 30일까지 하와이로 떠난 한국인 수는 7,226명이며 이 가운데 남자는 6,048명이고 여자는 637명, 아이들은 541명이다. 물론 미주지역 이민자가 모두 하와이를 경유한 것은 아니다. 도산 안창호 선생과 부인 이혜련 지사의 경우, 첫 이민배가 뜨기 1년 전인 전인 1902년 10월 14일 샌프란시스코로 입국하여 미주지역에서의 생활을 시작한 예도 있으니 말이다.

1) 서훈 받은 하와이지역 여성독립운동가 (가나다순)

2018.11.17. 현재 (7명)

	이름	공적	서훈
1	박신애	황해도 봉산 출신으로 하와이로 건너가 하와이 대한부인구제회를 중심으로 대한민국임시정부의 활동을 지원하면서 독립운동을 펼쳤다. 박신애 지사는 1920년대 말 임시정부 주석 백범 김구로부터 임시정부가 재정부족으로 매우 어려운 상황에 처해있다는 편지를 받고 심영신 지사 등과 독립자금을 모아 임시정부에 보냈으며 이러한 사실은 김구의 〈백범일지〉에 소개되었다.	1997 애족장
2	박정금	1919년 3월 29일 하와이에서 결성된 대한부인구제회에 참여하여 1927년 동 구제회 대의장, 1935년부터 1937년까지 동회 총무, 1938년부터 1945년까지 중앙부장 및 총무, 특연금 수봉위원 등으로 활동하였다. 1928년 9월 27일 하와이 호놀룰루에서 영남부인실업동맹회에 가입하여, 1936년 동회 부회장 등을 지냈으며 1937~1945년까지 여러 차례 독립운동자금을 지원하였다.	2018 애족장
3	심영신	황해도 송화 출신으로 사진신부로 하와이로 건너가 대한인부인회와 재미한족연합위원회의 위원으로 활동하였다. 1941년 4월 하와이에서 열린 해외한족대회에 대한부인구제회 대표로 참석하여 이 대회에서 조직된 재미한족연합위원회 의사부 위원으로 활약했다. 또한 임시정부 후원을 비롯하여 대미외교와 선전사업을 적극적으로 추진하는 등 독립운동을 위해 평생 헌신했다.	1997 애국장
4	전수산	1919년 4월 1일 하와이 호놀룰루에서 창립된 하와이 부인단체인 대한부인구제회에 가입하여 국권회복 운동과 독립운동에 필요한 후원금을 모아 상해 임시정부를 돕는데 앞장섰다. 전수산 지사는 1942년부터 1945년 광복이 될 때까지 대한부인구제회 회장을 맡아 중경에 있는 대한민국임시정부를 적극 도왔다.	2002 건국포장

5	이희경	대구 신명여학교를 1회로 졸업하고 하와이로 건너가 1919년 4월, 하와이 호놀룰루에서 창립된 하와이 부인단체의 통일기관인 대한부인구제회(大韓婦人救濟會)회원이 되어 국권회복운동과 독립전쟁에 필요한 후원금을 모금하는데 앞장섰다. 1928년 영남부인실업동맹회에서 간부로 활동하고, 1940년대 초 부인구제회의 호놀루루지방회의 대표로 활동하면서 수십 차례에 걸쳐 독립운동자금을 지원하였다.	2002 건국포장
6	정월라	평안남도 평양 출신으로 3·1만세운동 직후인 1919년 6월, 평양에서 대한애국부인회 본부 재무부장, 적십자부원 등으로 활동하였다. 1928년 하와이로 건너가 호놀룰루 감리교회 부인보조회 회장, 1942년 독립금예약수봉위원회 수봉위원, 1944년 조선민족혁명당 하와이지부 선전부원, 1945년 동 지부 사교부원 등으로 활동하였으며 1938년부터 1944년까지 여러 차례 독립운동자금을 지원하였다.	2018 대통령표창
7	황마리아	1913년 4월 19일, 하와이 호놀룰루에서 대한인부인회를 조직하여 회장으로 활동하였으며 1919년 4월 1일 대한부인구제회를 설립하였다. 독립운동자금을 대한민국임시정부에 보냈고, 만주의 서로군정서와 대한독립군 총사령부 출정 군인에게 구호금을, 중경의 광복군 편성 시에는 후원금을 지원하는 등 조국 광복을 위해 평생을 바쳤다.	2017 애족장

2) 서훈 받은 미 본토지역 여성독립운동가 (가나다순)

2018.11.17. 현재 (21명)

	이름	공적	서훈
1	강원신	1919년 3월 2일, 미국 캘리포니아주 다뉴바지방에서 한성선, 강혜원, 한시애, 김경애 등과 함께 신한부인회를 조직하여 회장으로 활동하였다. 5월 18일 새크라멘트 한인부인회와 신한부인회의 연합 발기로 부인회의 합동에 힘을 모았으며 8월 2일 대한여자애국단을 결성하는데 참여하고 1920년 말 당시 동단의 재무를, 1920년대 초에는 제3대 총단장을 맡아 임시정부에 후원금을 보내고 국내에 각종 구호금을 보내며 일본 제품의 사용을 금하는 등의 활동을 하였다.	1995 애족장
2	강혜원	1919년 3월 2일 미국 캘리포니아주 다뉴바 지방에서 강원신 외 3명과 함께 "신한부인회"를 조직하였다. 5월 18일 "한인부인회"와 "신한부인회"의 합동을 추진하였으며 8월 2일 부인회 합동결의 안을 통과시키고 대한여자애국단 결성 시에 총단장으로 선임되었다. 이 조직에서 군자금을 모집하여 1920년 2월 10일 군자금 500달러를 임시정부에 송금하였으며 1930년 이후, 대한여자애국단, 흥사단, 대한인국민회에서 활약하였다.	1995 애국장

3	공백순	1942년 2월 미국 워싱톤에서 열린 「한인자유대회」에 참석하여 연설하고 같은 해 12일에는 캐나다 퀘백에서 열린 태평양회의에 한국대표로 참석하였으며 1942, 1943년에 신한민보와 국민보 영자판에 한국의 청사진 등 기사를 발표하였고 1943년에는 「독립」 신문의 발기인으로 활동하였다.	1998 건국포장
4	권영복	1918년 미국 캘리포니아 대한인국민회 새크라멘토지방회 회원, 1919년 새크라멘토한인부인회 대표로 대한여자애국단을 조직하고, 1934년 대한여자애국단 로스앤젤레스지부 단장, 1937년 동단 동지부 중국항일전쟁 후원 수전위원 등으로 활동하였다. 또한 1918년부터 1937년까지 여러 차례 독립운동자금을 지원하였다.	2015 건국포장
5	김낙희	1914년 미국 캘리포니아 샌프란시스코에서 부인회 조직을 논의하였고, 1919년 한국부인회 대표로 대한여자애국단 결성에 참여하여, 1925~1945년까지 재무, 위원, 서기 등을 역임하였다. 조국의 여자교육에도 관심을 기울여 1928년 정신여학교를 후원하고, 1931년 조선여자대학 협조회 발기인으로 활동하였다. 또한 1919년부터 1945년까지 독립운동 자금을 여러 차례 지원하였다.	2016 건국포장
6	김대순	1938~1939년까지 대한여자애국단 메리다지부 단장, 1940~1941년 동단 서기, 1944년 대한여자애국단 메리다 유카탄지부 단장 등으로 활동하며, 여러 차례 독립운동자금을 지원하였다.	2018 건국포장
7	김도연	1920년 대한인여자애국단 맥스웰지부 서기, 1921년 동단 맥스웰지부 수금위원, 1924년 맨티카 국어학교 임원, 1932년 동단 나성지부 서기, 1934년 동단 나성지부 단장 및 동단 총부 서기, 1943년 동단 딜레노지부 재무, 1945년 딜레노 구제회 재무 및 대한여자외국단 딜레노지부 재무 등을 역임하였다. 또한 1916년부터 1944년까지 여러 차례 독립운동자금을 지원하였다.	2016 건국포장
8	김석은	1918년 3월부터 미국 캘리포니아에서 대한인국민회 삭도지방회 회원으로 활동하며, 1919년 7월 대한여자애국단 서기로 미국 대통령에게 한국 문제에 관한 청원서를 보내고, 1926년 동단 샌프란시스코 서기로 활동함. 1918년부터 1942년까지 여러 차례 독립운동자금을 지원하였다.	2018 대통령표창
9	김자혜	1919년 미국 샌프란시스코 미주한인부인회 대표, 1923년 구미위원부 재무, 오클랜드 대한여자애국단 지부 단장, 1927년 부인전도회 회장, 1929년 부인저금회 회장 및 오클랜드지방회 재정부위원, 1931년 중가주공동회 오클랜드지방 선전부장, 이후 1945년까지 오클랜드지방회 대의원, 수전위원, 국민회 오클랜드대표 등으로 활동했으며 여러 차례 독립운동자금을 지원하였다.	2014 건국포장

10	박영숙	1919년 3월 미국 다뉴바에서 신한부인회 서기, 1919년부터 1924년까지 대한여자애국단 총부위원, 1921년 다뉴바 국민대표회 회원, 1922년 대한여자애국단 다뉴바 총부 재무로 활동하였다.1930년부터 1939년까지 대한인국민회 딜라노지방회원, 1940년부터 1942년까지 대한여자애국단 딜라노 지부 재무, 1943년 동 지부 단장 등으로 활동하며 1919년부터 1945년까지 여러 차례 독립운동자금을 지원하였다.	2017 건국포장
11	신마실라	1919년부터 1921년까지 미국 워싱턴에서 한인구제회 서기로 구제금 모집 및 한국독립을 촉구하는 순회강연을 하고, 1928년 뉴욕과 1931년 필라델피아에서 3·1절 기념식에서 연설 등으로 민족의식을 드높였다.	2015 대통령표창
12	양제현	1917년, 1919년 미국 캘리포니아 새크라멘토한인부인회 회장, 1929~1930년 대한여자애국단 총단장, 1925년, 1928년, 1933~1935년, 1938년, 1941~1942년, 1944년 대한여자애국단 샌프란시스코지부 단장 등으로 활동하였다. 1931~1932년, 1934~1938년, 1940년, 1942년 대한인국민회 샌프란시스코지방회 구제원·재무·집행위원·학무위원·교육위원·실업위원 등을 지냈다. 또한 1919~1945년까지 여러 차례 독립운동자금을 지원하였다.	2015 애족장
13	이성례	1920년 대한여자애국단 맥스웰지부 단장, 1930~1945년 동단 나성지부 부단장·재무위원·단장, 1934~1942년 동단 총부 재무로 활동하고, 1944년 1월 재미한족연합위원회, 동년 10월 구미위원부 개조를 위한 전체대표회, 1945년 1월 재미한족연합위원회 강화회에 대한여자애국단 대표로 참석하였다. 1934~1935년 대한인국민회 나성지방회 구제원, 1936년 7월 흥사단 제2구역 나성지방대회 준비위원에 선임되어 활동하고, 1923~1945년 여러 차례 독립운동자금을 지원하였다.	2015 건국포장
14	이혜련	도산 안창호의 부인으로 1909년부터 지속적으로 의연금·국민의무금·특별의연 등 독립운동자금을 지원하였으며 1919년 3월 미국 로스앤젤레스에서 조직된 부인친애회에 참여하였고 1919년 8월 다뉴바에서 조직된 독립운동단체인 대한여자애국단에 부인친애회 대표로 참가하였다. 1942년부터 1944년까지 대한여자애국단의 위원으로 활동하였다.	2008 애족장
15	임메블	1919년 로스앤젤레스에서 부인친애회를 조직하여 활동하다 8월 미주 각 지방 부인회가 통합되어 대한여자애국단이 창립될 때, 부인친애회 대표로 참가하였다. 1929년 12월부터 1930년 1월까지 한인 어린이의 국어교육을 위한 교육기관 설립 준비기성위원으로 참여하였다. 1930년 3월 대한여자애국단 로스앤젤레스지부단장으로 조선여자대학 설립에 필요한 건축비 모금운동을 하였다. 1942년 대한인국민회 로스앤젤레스지방회 구제위원으로 활동하였다.	2016 애족장

16	임성실	1919년 미국 다뉴바신한부인회 대표로 대한여자애국단 설립에 참여하였고 1921년 동단 다뉴바지부 단장, 1922년과 1939년에는 동단 위원으로 활동하였다. 또한 1919년부터 1944년까지 여러 차례 독립운동자금을 지원하였다.	2015 건국포장
17	차경신	1918년 일본으로 유학하여 요코하마여자신학교에 재학하고 있던 중에 1919년 2월에 도쿄에서 한국유학생들이 주도한 2·8독립선언에 참여하였다. 국내에서 부인회, 간호대 및 청년단을 조직하고, 상해 대한민국임시정부의 비밀요원으로 활약하였으며, 미국으로 건너가 한국어학교 초대교장 및 대한애국부인단 총단장 등을 역임하였다.	1993 애국장
18	차보석	1921년 중국 상해에서 재상해유일학생회 회원, 1925년 대한여자애국단 샌프란시스코지부 단장, 1926~1928년 대한여자애국단 총단장, 1929년 동단 서기, 재무, 1925~1928년 샌프란시스코 국어학교 교사, 1931년 동 국어학교 재무로 활동하였다. 1931년 대한인국민회에 입회하여 1932년 3·1절 기념식 준비위원 등으로 활동하고 1925~1932년까지 여러 차례 독립운동자금을 지원하였다.	2016 애족장
19	차인재	1920년 8월 미국으로 이주 후 1924년 대한인국민회 맥스웰지방회 학무원, 1933년 대한여자애국단 로스앤젤레스지부 부단장, 1935년 동단 서기, 1936년 재무 및 여자청년회 서기로 활동하였다. 1945년 대한여자애국단 로스앤젤레스지부 위원 및 대한인국민회 로스앤젤레스지방회 총무, 재미한족연합위원회 군자금 모집 위원으로 활동하며 1922년부터 1945년까지 여러 차례 독립운동자금을 지원하였다.	2018 애족장
20	한(김)덕세	1922년 미국 캘리포니아 다뉴바에서 시사연구회 발기인으로 참석하고, 1944년 4월 대한여자애국단 중가주지부 조직에 단원으로 활약하였다. 같은 해 11월 재미한족전체대표회에 대한여자애국단 대표로 활동하면서 1921년부터 1945년까지 독립운동자금 370여원을 지원하였다.	2014 대통령표창
21	한성선	1919년 3월 미국 캘리포니아주 다뉴바에서 신한부인회 대표로 같은 해 8월 미국내 여성단체 통합 조직인 대한여자애국단을 설립하여 총부위원으로 활동하였다. 1921년부터 1924년까지 대한여자애국단 총단장을 역임하고 1944년까지 단원으로 활동하였다. 또한1918년~1945년까지 여러 차례 독립운동자금을 지원하였다.	2015 애족장

* 이 자료는 글쓴이가 2018년 12월 15일, 수림문화재단에서 열린 '2018년 재외한인학회 연례학술회의'에서 〈미주지역 한인 디아스포라의 독립운동과 한인 후손 – 여성독립운동가를 중심으로– 〉라는 제목으로 발표한 자료의 일부임

빛고을 수피아의 영원한 독립투사
조옥희

기미년 만세 함성
파도처럼 밀려 올 때

수피아 어린 천사들
벽장 속에서 몰래 그린

태극기 높이 들고
서문통으로 달려 나갔네

총칼로 뒤쫓는 왜경에
당당한 자세로 맞서

조선의 독립을 외치다
차디찬 철창 속에 갇혀서도

불굴의 의지 굽히지 않은
그대는
영원한 수피아의 횃불이어라.

조옥희 지사

조옥희 (曺玉姬, 1901. 3. 15. ~ 1971. 11. 30.) 애국지사

조옥희 지사는 수피아여학교 재학 중인 1919년 3월 10일 전남 광주의 광주장날 만세시위에 참여하였다. 이보다 앞서 3월 6일 김복현, 김강, 서정희 등과 숭일학교 교사 최병준, 수피아여학교 교사 박애순, 진신애 등은 미리 모여 3월 10일 거사를 계획하고 태극기와 독립선언서를 인쇄하는 등 사전 준비를 철저히 하였다.

거사날이 밝아오자 조옥희 지사는 3월 10일 오후 3시, 광주교 아래 강둑 소시장에 1,000여 명의 군중이 모인 가운데 숭일학교와 수피아여학교 학생들과 함께 태극기를 나누어 주며 시위 행진을 시작하였다. 이들은 서문통(西門通)을 지나 우체국을 돌아 본정통(本町通)을 행진하는 등 광주 시내의 중요한 거리를 누비며 일제침략에 항거했다.

이 날 광주지역의 만세운동으로 일경에 붙잡혀간 수피아여학교 독립 투사들은 조옥희 지사를 비롯하여 교사 박애순(징역 1년 6월), 교사 진신애(징역 10월), 학생 박영자, 최경애, 양태원, 김필호, 홍순남, 고연흥, 박성순, 이태옥, 김양순, 임진실, 윤혈여(윤형숙), 김덕순, 이봉금, 하영자, 강화선, 이나열, 김안순, 최수향 등이며 이들은 각각 징역 8월에서 4월에 이르는 옥고를 치렀다.

정부는 고인의 공훈을 기리어 2003년에 대통령표창을 추서하였다.

더보기

광주에서 최초로 시작된 전라남도 만세운동

전라남도의 만세시위는 전라북도와 마찬가지로 3·1만세운동 전

기간에 걸쳐 산발적으로 진행되었다. 3월 3~4일에 걸쳐 목포·광양·구례·순천·여수·광주 등지에 <독립선언서>가 뿌려지고, 10일부터 광주 읍내에서 최초의 시위가 시작되었다. 그 뒤 영광·해남·담양·무안·순천 등지에서 시위가 뒤따랐으나, 보통학교 학생들이 주도한 시위가 많았으며, 각 군의 읍내와 2~3개 처에서 평화적인 만세시위로 그쳤다. 3월 하순에 들어 목포·곡성·함평·광주·광양·보성·강진·해남·장성·완도·순천·영암 등지에서 1~2차례 시위가 일어난 뒤 이 지역의 3·1만세시위는 잦아들었다.

지역적으로 보면 광주지역에서는 3월 3일 <독립선언서>가 배포되고, 10일 숭일학교·수피아여학교 등 각 급 학교 학생들과 기독교인이 중심이 되어 500명이 만세시위를 펼쳤으며 교사·학생 87명이 구속되었다. 이날 시위에 참가한 황상호는 독립사상을 널리 알리기 위하여 13일 《조선독립광주신문》 제1호를 발간하고 그 뒤 계속해서 제4호까지 발간, 배포하였다. 광주에서의 시위운동은 10일에 이어 11일에도 300명의 시위, 13일에 기독교인이 중심이 되어 400명이 시위운동을 벌였고, 16일에는 송정리에서 보통학교 학생들의 시위가 있었다. 이후 4월 8일 50여 명의 보통학교 상급생들이 동맹휴교를 했다.

영광에서는 3월 14·15일 이틀에 걸쳐 읍내에서 보통학교 학생들이 중심이 되어 시위운동을 벌였다. 15일의 시위는 500명이 참여하는 큰 시위였다. 해남에서는 3월 14일 읍내에서 300명의 시위가 있었는데, 일제의 발포로 해산되었다. 그 후 4월 8일과 11일 다시 시위가 있었다. 무안에서는 3월 18일 장산도에서 유지 30여 명이 만세시위를 벌였고, 20일 외읍면 구 무안 장터에서는 친일파의 활동을 비난하며 독립경축 행진을 하였다.

담양에서는 3월 17일 읍내 청년들이 <경고문>을 준비하고 시위를 계획했으나 사전에 발각되었으며, 4월 4일 다시 시위운동을 벌였다. 순천에서는 3월 3일 읍내에 <독립선언서>가 배포되고, 19일 첫 만세시위가 일어났으며 4월 7일에도 산발적인 시위운동이 읍내에서 일어났다. 12일에는 인월리에서 소수의 시위가, 13일에는 낙안면에서 군내 가장 큰 규모인 150여 명의 만세시위가 있었는데 일경의 발포로 4명이 부상당하였다.

곡성에서는 3월 29일 읍내에서 교사와 보통학교 학생 200명의 시위가 있었다. 광양에서는 3월 3일 <독립선언서>가 배포되고, 3월 27일과 4월 1일 다수가 모인 가운데 만세시위가 있었다. 장성에서는 4월 3일과 4일 북이면에서 만세시위가 있었는데, 연인원 300명의 시위대가 만세시위를 벌였으며, 4일에는 헌병주재소로 몰려가는 등 치열한 만세시위를 벌여 첫날 4명, 둘째 날은 12명이 구속되었다.

강진에서는 4월 4일 읍내에서 보통학교 학생들이 중심이 되어 100명의 만세시위가 있었다. 완도에서는 7일 읍내에서 보통학교 학생들이 중심이 되어 만세시위를 벌여 50명이 구속되었다. 목포에서는 3월 3일 <독립선언서>가 읍내에 배포된 뒤 4월 8일 영흥학교와 정명여학교 학생들이 중심이 되어 150여 명이 만세시위를 벌였다.

함평에서는 4월 8일 서당 학생들이 중심이 되어 만세시위를 벌였으며, 보성에서는 4월 9일 벌교에서, 18일 보성면에서 소규모 시위가 있었다. 영암에서는 4월 10일 보통학교 학생이 중심이 된 400여 명의 시위군중이 만세시위를 벌였다. 영광에서는 3월 14일 읍내에서 보통학교 학생이 중심이 되어 120명이, 3월 15일에는 시위규모가 더 커져 500명이 참여하는 가운데 만세시위가 있었다.

목포 유달산에 울려 퍼진 독립의 노래
주유금

유달산에 울려 퍼진 만세 함성
정명의 어린 천사들
두려움 떨치고 일어났어라

빼앗긴 조국의 자유를
갈망하던 뜨거운 가슴

죽음 보다 견디기 어려운
치욕의 굴레 벗어나고자

피울음으로 부르짖은
조선의 독립

그대는 진정
항일의 화신이었네.

주유금 지사

주유금 (朱有今, 1905.5.6. ~ 1995.9.14.) 애국지사

주유금 지사는 전라남도 목포 정명여학교에 재학 중, 동교생들과 함께 동아일보 등 기타 신문을 통하여 1921년 11월, 미국 워싱턴에서 군비감축회의(軍備減縮會議)가 열리는 것을 알고 조선민족대표자도 반드시 이 회의에 참석하여 조선의 독립문제 상정을 촉구해야한다는 사실을 알리는 만세운동을 벌이기로 하였다.

주유금 지사는 11월 13일 일요일 오후 4시 무렵 김옥실·김나열·천귀례·김귀남·박음전·문복금·김연순·박복술·곽희주·김자현·이남순 등 동교생 12명과 학교 기숙사에 모여 거사날을 14일 정오로 잡고 이날 대한제국기(大韓帝國旗)를 들고 목포 시가에서 독립만세를 부르자고 뜻을 모았다. 이를 위해 13일 기숙사에서 국기 수십장을 함께 만든 뒤 14일 오전 수업을 마치고 학생과 교사 등이 휴식 중인 정오, 종소리를 신호로 미리 만든 국기를 손에 들고 학교 정문을 뛰쳐나갔다. 이때 사립 영흥학교 학생들도 가세하였다.

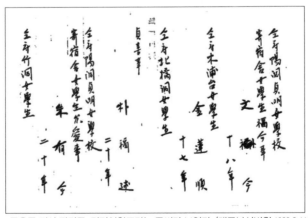

▲ 주유금 지사 판결문, 정명여학교라는 글씨가 보인다. (대구복심법원.1922.3.11.)

이들은 '조선독립만세'를 소리 높이 외치면서 학교 정문으로부터 목포 남교동 방면을 거쳐 창평정(昌平町)·대정정(大正町)쪽으로 행진하였다. 이 일로 주유금 지사는 일경에 잡혀 1922년 3월 11일 대구복심법원서 이른바 1919년 제령(制令) 제7호(정치에 관한 범죄처벌의 건) 위반으로 징역 6월(미결 통산 50일)을 선고받고 대구형무소에서 옥고를 치르다가 1922년 7월 23일 출옥하였다.

정부는 고인의 공훈을 기리어 2012년에 대통령표창을 추서하였다.

🔍 **더보기**

여성독립운동의 산실 목포정명여중을 가다

– 2012년 광복절에 7명의 여성 애국지사 포상 받아 –

터졌고나 죠션독입셩
십년을 참고참아 이셰 터젓네
삼쳘리의 금수강산 이쳔만 민족
살아고나 살아고나 이 한소리에

피도죠션 뼈도 죠션 이피 이뼈는
살아죠션 죽어죠션 죠션것이라
한사람이 불어도 죠션노래
한곳에셔 나와도 죠션노래

위 노래는 목포정명여학교(현, 목포정명여자중학교) 학생들의 독립가다. "이 자료는 1983년 2월 중학교 교실 보수작업 중에 발견된 것입니다. 바로 이 건물 천장에서 발견된 것인데 보관상 어려움에 따라 현재 천안 독립기념관에 가있으며 우리 자료관에는 복사본이 있습니다. 어서 가서 보시죠." 정명여자중학교 정문주 교장 선생님은 2012년 10월 16일, 서울에서 단걸음에 찾아간 글쓴이를 친절하게 자료관으로 안내했다.

자료관으로 쓰고 있는 건물은 목포지역에서 나는 화강암으로 지은 것으로 선교사 사택으로 쓰던 곳이다. 이 건물은 목포의 석조 건물 가운데 가장 오래된 건물로 이곳에는 독립운동가를 다수 배출한 학교답게 독립가 등 당시의 함성을 알 수 있는 여러 자료들이 전시되어 있다. 목포정명여학교는 1919년 4월 8일 목포지역의 독립만세운동을 주도적으로 이끈 학교로 그 어느 곳보다 민족정신이 투철했다. 국가보훈처는 이 학교 출신 7명을 광복 67주년인 2012년 8월 15일 애국지사로 포상했다.

▲ 정명여학교 보통과 제9회(1922년) 졸업생들

이들은 곽희주(19살), 김나열(14살), 김옥실(15살), 박복술(18살), 박음전(14살), 이남순(17살), 주유금(16살)으로 1921년 11월 13일 전남 목포의 정명여학교 재학 중 독립만세시위를 위해 태극기를 만들고, 다음날 목포 시내에서 '조선독립만세'를 부르며 만세운동에 참여하다가 체포되어 징역 6~10개월을 선고받고 옥고를 치렀다. 나라를 빼앗긴 울분 속에 지내던 뜨거운 피의 낭자들은 1차 세계대전 후 세계열강 사이에 동아시아 질서 재편 등을 논의한다는 워싱턴회의 소식을 듣고 조선의 독립문제가 상정되도록 촉구하는 마음에서 태극기를 들고 교문을 뛰쳐나갔던 것이다.

"(앞줄임) 아! 우리 동포들아 기회는 두 번 다시 오지 않으니 때를 당하여 맹렬히 일어나 멸망의 거리로부터 자유의 낙원으로 약진하라. 동포들아 자유에 죽음이, 속박에 사는 것보다 나으리라, 맹렬히 일어나라!"

　　　　－1983년 천장 공사 중 발견된 격문 '우리 이천만 동포에게 경고함' 가운데－

격문을 읽고 있노라면 피가 끓는다. 이천만 조선인 그 누구의 가슴에도 끓어올랐을 피! 그것도 나 어린 여학생들이 앞장섰음을 역사는 영원히 기억해야 할 것이다. 그래서 2012년으로 12회째 목포에서는 4·8 독립만세운동 재현 행사를 하고 있으며 목포정명여자중고등학교 학생들이 주축이 되어 그날의 함성을 새기고 있다.

구한말 격동의 시기인 1903년 9월 9일 미국 남장로교 한국선교회에서 설립한 목포 정명여학교는 1910년 6월 보통과 1회 졸업생을 배출한 이래 2011년 2월 81회로 327명의 졸업생을 냈으며 이 학교 출신 졸업생은 모두 21,439명이다. 현재 23대 교장인 정문주 선생님은 "1937년 9월 2일 일본의 신사참배 강요를 거부하여 정명학교는 폐교의 길을 선택했습니다. 그 뒤 10년의 세월이 지난 1947년에 다시 재개교를 하는 바람에 독립운동하신 분들의 자료가 많이 손실되었습니다." 라며 안타까움을 나타내었다. 한편 독립운동사에 커다란 획을 그은 정명학교에 근무하게 된 것을 큰 자랑으로 여기며 애국지사들의 삶을 학생들에게 열심히 전하고 있다고 했다.

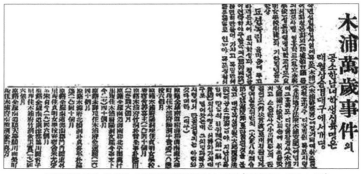

▲ 목포만세사건, 곽희주, 주유금 등의 이름이 보인다.(동아일보, 1922. 1. 23.)

오래된 아름드리 팽나무와 느티나무 속에 자리한 자료관을 둘러보고 아담한 학교 교정을 거닐어 보는데 바다가 가까워서 인지 푸른 가을하늘에 살랑대는 바람이 몰고 온 짭조름한 바다 내음이 항구도시 목포를 실감케 했다. 지금도 목포는 서울에서 먼 곳인데 91년전 이 땅의 여학생들이 왜경의 총칼을 두려워 않고 빼앗긴 나라의 광복을 찾고자 만세운동을 주도 했다는 사실에 글쓴이는 가슴이 찡해왔다.

보훈 역사상 한 학교에 7명의 애국지사가 포상을 받은 예도 드물 것이다. 그러나 어찌 7명뿐이었으랴. 아직도 햇빛을 보지 못하고 있는 더 많은 애국지사들을 발굴하고 찾아내는 일에 정부는 박차를 가해야 할 것이다. 그 나마도 여성들의 자료는 거의 산실되어 오늘날은 재판 기록 등으로 밖에 이 분들의 행적을 알 수 없는 것이 안타깝지만 14살의 댕기머리 소녀들이 만세를 부르던 현장은 고스란히 남아 그 후예들이 오늘도 밝고 힘차게 공부하고 있는 모습이 인상적이었다.

잘 정돈된 아담한 교정을 걸어 나오는데 운동장에서 체육 수업 중인 학생들의 씩씩한 목소리가 들렸다. 마치 91년 전 여자의 몸으로 조국의 자유와 독립을 외치던 댕기머리 소녀들인 양 글쓴이는 다시 교정으로 고갤 돌렸다. 그 자리엔 청명한 가을 하늘이 눈부시게 푸르른 모습으로 정명여학교를 내려다보고 있었다.

* 이 글은 2012년 10월 24일, 인터넷신문 〈우리문화신문〉에 실린 글임

서울학생들이여, 떨치고 일어서라 외친
최복순

나주역서 벌어진
한일 학생들의 다툼에 끼어들어
일본학생 편들던 왜놈순사 소식
들불처럼 경성에 번졌어라

간악한 침략 사슬 끊지 못하면
영원한 속박의 구렁텅이에 빠질
형제자매 구하고자

배꽃 동산 학우 이끌어
불굴의 투혼으로 민족혼 지켜낸

그대는 겨레의
영원한 횃불이어라.

최복순 지사

최복순 (崔福順, 1911.1.13.~ 모름) 애국지사

최복순 지사는 1930년 1월 이화여자고등보통학교에 재학 중 광주학생운동의 동조시위를 계획하고 이를 주도하다 잡혀 옥고를 치렀다. 최복순 지사는 1929년 11월에 일어난 광주학생운동 소식을 전해 듣고 1930년 1월 9일, 동급생 최윤숙·김진현과 함께 만세시위운동을 계획하고 준비하였다. 최복순 지사는 당시 기독교청년회 회장으로 활동하고 있었는데, 근우회 서무부장이었던 허정숙과 광주학생운동의 동조시위를 이끌었다.

▲ 최복순 지사를 포함한 여학생들의 판결을 알리는 동아일보 기사(1930.3.23.)

최복순 지사 등은 최윤숙의 집에 모여, "학교는 경찰의 침입을 반대하라, 식민지 교육정책을 전폐시켜라, 학생 희생자 모두를 석방시켜라, 조선청년 학생이여, 아아, 일본의 야만정책에 반대하자, 각 학교의 퇴학생을 복교시켜라" 등 6개 항목을 결의하였다.

최복순 지사는 1930년 1월 15일 이화여고보 교정에서 300여 명의 학생들과 함께 태극기를 흔들며 독립만세를 외쳤다. 이어서 학교 밖으로 나가 타교생들과 함께 격문을 뿌리며 시위를 계속 하려다가 저지당하고 학우 약 50명과 함께 일경에 붙잡혔다. 이 일로 최복순 지사는 1930년 3월 22일 경성지방법원에서 이른바 보안법 위반으로 징역 8월을 선고 받고 옥고를 치렀다.

이와 관련하여 1930년 3월 23일치 〈동아일보〉에는 이날 최복순 지사를 포함한 여학생들과 관련된 판결이 내려졌다고 크게 보도하고 있다. 공판이 있던 날 법정에는 학부형들과 교사들이 판결을 보기 위해 몰려갔다. 막상 판결이 내려지자 최복순 지사는 엷은 미소를 지으면서 법정을 퇴정했는데 학부형과 교사들은 눈물바다를 이뤘다고 보도했다.

정부는 고인의 공훈을 기리어 2014년에 대통령표창을 추서하였다.

더보기

광주학생항일운동에 대한 서울학생들의 대응

1929년 11월 3일 광주에서 시작해 이듬해 3월까지 전국적으로 194교 학생 5만 4천명이 참여한 광주학생항일운동은 3·1만세운동 이후 가장 큰 규모로 일어난 학생항일운동이다. 1929년 10월 30일 나주역에서 발생한 조선 여학생 희롱사건이 불씨가 돼 광주에서 학생운동이 일어나자 이화여자고등보통학교(이화여고보) 학생들은 다락방 비밀집회를 열어 만세운동을 도모했다. 이화여고보 학생들은 '광주학생사건 옹호동맹 중앙본부'를 조직하고 11월 15일을 이화 학생의 거사날로 잡았다.

"다락방에 여럿이 들락거리는 것 같아서 한 학생을 붙잡고 물어보니 화장실에 간다고 해요. 그러려니 했는데 다음 날 아침 교실을 둘러보니 모두 실외화인 검은 운동화를 신고 있어요. 그러다 종소리가 나니 (학생들이 만세를 부르기 위해) 갑자기 밖으로 달려 나갔습니다."

– 《이화백년사(梨花百年史)》 서명학 선생 증언–

1929년 11월 15일 이화여고보 학생 약 400명이 교정에서 만세를 부르자 같은 정동에 있는 배재고등보통학교 학생 약 670명도 이 만세운동에 합세했다. 하지만 두 학교 학생이 무리지어 교정 밖으로 진출하려 하자 서대문경찰서 기마대가 출동해 데모를 막고 주동자 54명을 잡아갔다. 만세시위를 막기 위해 학교는 11월 16일부터 휴교에 들어갔다. 당시 이들의 석방을 요구하는 교장의 탄원이 있었지만 받아들여지지 않았다. 잡혀간 학생 가운데는 12월 18일 퇴학 및 무기정학 당한 학생들도 있다. 이 만세시위가 다른 학교에 퍼지려는 조짐을 보이자 11월 17일엔 배화여자고등보통학교, 정신여자고등보통학교 등의 학교가 휴교에 들어갔다.

광주학생 사건이 점차 알려지며 12월 5일부터 서울과 각 지방의 학생들은 항일시위를 벌이고 시위의 한 고리로 동맹휴학을 꾀했다. 그리하여 '제1차 서울학생 만세시위운동'을 추진했다. 이때 약 2천 4백 명의 일본 경찰이 출동해 1천 4백 명의 학생들을 잡아들였다. 이화여고보생들은 12월 9일 독립 만세를 외치며 교정 밖으로 진출하려다 일본 경찰에 제지당해 교외 진출에 실패했다. 9일 항쟁에서 교외로의 진출을 차단당해 울분을 삭이지 못한 당시 이화여보고 4학년생 최복순 지사는 그날 밤 여성 대중운동단체인 근우회에 찾아갔다. 근우회 회원 허정숙(이화학당 전문부. 1919년 졸)과 박차정은 당시 벌어지고 있는 학생들의 항일 궐기를 논하며 여학생들의 참여가 미온적이라고 개탄했다. 세 사람은 함께 여학생들이 취할 수 있는 대책을 논의했다.

최복순 지사는 같은 반이었던 김진형, 최윤숙과 함께 진명여고보, 배화여고보, 여자미술학교, 경성여상, 근화여학교 등 각 여학교 학생들과 1930년 1월 15일에 시위할 것을 결의했다. 이 소식을 듣고 당시 이화여전 음악과 졸업반 이순옥은 '제국주의 타도 만세', '피압박 국민 해방 만세' 등을 적은 전단을 만들었다. 남학생들은 여학생들의 이런 계획을 모르고 1월 20일 궐기하기로 한 상황이었다. 여학생 시위 전날 서로의 계획을 알게 된 남녀 학생들은 여학생들이 계획했던 1월 15일 오전 9시 30분에 일제히 만세를 함께 부르며 학교에서 종로 네거리로 나와 남대문 방면으로 진행하기로 결의했다.

계획대로 1월 15일 약 5천명의 학생이 함께 거리로 나와 만세를 부른 이 운동을 '제2차 서울학생독립시위운동'이라고 한다. 《이화100년사》에 따르면 이 운동은 '시내여학생만세사건'으로 불릴 만큼 서울의 여학생들이 총궐기했다. 당시 동아일보는 이 운동을 '시내여학생사건'으로 보도했다. 여학생들은 최복순 지사 등이 준비한 태극기와 작은 깃발도 흔들었다. 이화여고보 교정 한복판에는 '조선의 청년학생이여! 일제의 야만 정책에 반대하자', '식민지 교육 정책을 전폐하라', '광주 학생 사건을 분개한다' 등의 문구가 검은 글씨로 적힌 붉은 천의 대형 깃발이 휘날리고 있었다. 《독립운동사》책에서 정세현 교수는 "서울의 12월 학생 궐기는 남학생들이 궐기 기세를 고양했고 1월 궐기에서는 남녀 학생의 대일 항쟁 기조가 같았다"며 "하지만 저항 운동을 전개하는 방법에 있어서는 여학생들이 격문과 전단을 준비하는 등 사전에 상당한 준비가 있었다."고 말했다.

— 이대학보 (2012.11.5.)에서 —

남편과 함께 부른 광복에의 절규
홍매영

망국의 한 안고
애오라지 조국독립을 꿈꾸는 일이
어디 쉬운 일이더냐?

찬바람 북풍한설은
그래도 견딜만한 일

배고픈 설움 속에서도
광복의 끈을 놓지 않기가
어디 쉬운 일이더냐?

임시정부 피난살이
낭군과 함께 험난한 길 걸으며
구국의 일념으로 부른 독립의 노래

그 노래 찬란한
광복의 꽃으로 활짝 피었네.

홍매영 지사

홍매영 (洪梅英, 1913.5.15. ~ 1979.5.6.) 애국지사

"순국선열의 날(11월 17일), 어머니(홍매영 지사)의 건국포장을 받아들고 효창원으로 달려갔습니다. 아버지(차리석 지사) 묘소에 어머니 건국포장을 놓고 큰절을 올리자니 가슴이 울컥했습니다. 이제 죽어도 여한이 없습니다. 그동안 험난한 풍파에 시달려왔으나 가슴에 응어리진 한이 싹 풀린 기분입니다."

▲ 아버지(차리석) 훈장이 걸린 집에서 순국선열의 날에 받은 어머니 홍매영 지사의 포장증을 들고 있는 아드님 차영조 선생

이 말은 임시정부의 버팀목 동암 차리석 지사의 아드님인 차영조(75살) 선생이 한 말이다. 차영조 선생은 11월 18일, 글쓴이와 나눈 전화 통화에서 어머니 홍매영 지사의 건국포장을 받아든 소감을 그렇게 말했다. 지난 11월 17일(토) 오전 11시 서대문형무소

역사관 잔디광장에서는 국가보훈처 주최로 제79회 순국선열의 날 기념식이 열렸는데 이 자리에서 차영조 선생은 어머니 홍매영 지사의 건국포장을 유족 신분으로 받았다.

▲ 홍매영 지사 포장증과 훈장

특히 이번 79회 순국선열의 날에는 홍매영 지사를 비롯하여 도산 안창호 선생의 조카 안맥결 지사, 박열 의사의 일본인 아내 가네코 후미코 지사, 기전여학교 4명의 여학생 등 여성 32명이 독립유공자로 선정되어 주목을 받았다. 이로써 대한민국 정부수립과 1949년 포상이 시작된 이래 포상을 받은 여성 독립유공자는 357명(모두 15,180명)이다.

"제가 두 살 때 아버님(차리석 지사)이 돌아가셨으니 어머님(홍 매영 지사)께서 얼마나 고생하셨겠습니까? 아버님은 1945년 8월 15일 중경에서 광복을 맞이하시고 9월 5일 환국을 위한 준비를 하시다가 과로로 쓰러져 9월 9일 중국땅에서 운명하셨습니다. 그 뒤 모자(母子)의 삶은 고난의 가시밭길 그 자체였지요."

뒤늦게 받아든 어머니의 건국포장을 가슴에 안고 회한의 눈물을 흘렸을 노신사의 모습이 그려져 글쓴이도 가슴이 울컥했다. 통화 목소리에도 이슬이 촉촉하게 맺힌 듯 했다. 이번에 건국포장을 받은 홍매영 지사는 1942년 중국 중경에서 한국독립당 당원으로 활동하면서 한국광복군의 생활과 운영을 지원하기 위해 설립된 유한책임한국광복군군관소비합작사(有限責任韓國光復軍軍官消費合作社) 사원으로 임시정부와 광복군의 활동을 헌신적으로 지원한 공적이 인정되어 이번에 건국포장을 추서받게 된 것이다.

홍매영 지사의 남편은 대한민국임시정부 국무위원과 중앙감찰위원장 등을 지낸 차리석 (1962. 독립장) 지사이며, 미국 샌프란시스코에서 대한여자애국단 총단장으로 활약한 차보석(2016.애족장) 지사는 시누이다. 뿐만 아니라 역시 샌프란시스코에서 독립운동을 한 차정석(2017. 대통령 표창) 지사는 시숙으로 일가 네 분이 독립유공자이다.

"서울에 살다가 6·25전쟁 때 부여로 피난 내려가 아이스케키 통을 메고 부여 읍내를 다니던 시절. 너무나 배가 고파 어머니에게 고아원에 데려다 달라고 했던 기억이 납니다." 차리석, 홍매영 부부 독립운동가의 아들 차영조 선생은 당시 8살이었다. 부모가 쟁쟁한 독립운동가 후손이었지만 서울에는 다리 펴고 누울 공간

하나 없는 상황이라 낯선 피난지 부여에서 10년의 세월을 보내야 했다.

그 당시 어머니는 닥치는 대로 날품팔이를 해서 어린 아들을 키웠다. 그러나 초등학교 6학년 무렵 어머니가 중풍으로 쓰러지고 난 뒤부터 어린 차영조는 소년가장이 되고 말았다. 나이 12살의 피난지 부여에서 중풍으로 쓰러진 어머니를 보살피며 초근목피로 살아가야 했던 것이 "대한민국의 독립유공자 집안의 현주소"였다는 것을 그 누가 알 것인가!

그래서 이번에 추서 받은 어머니 홍매영 지사의 건국포장은 칠순 아드님 차영조 선생에게는 그 무엇보다도 뜻깊은 것이 아닐 수 없다. 비록 건국훈장 5등급 안에는 못 미치는 훈격이지만 어머니의 독립운동을 인정받은 것만도 다행이라고 차영조 선생은 말했다.

"저는 대한민국에서 아버지 명함을 가지고 다니는 유일한 사람이고, 아버지 묘소에 가장 많이 다니는 사람이며, 양손에 두 대통령(노무현, 문재인)시계를 차고 다니는 사람도 저일 겁니다."

전화 대담 중 차영조 선생은 당당한 목소리로 그렇게 말했다. 효창원 7위(석오 이동녕, 백범 김구, 청사 조성환, 동암 차리석, 이봉창, 매헌 윤봉길, 구파 백정기)에 속하는 한 분이 아버지(차리석)지만 칠순의 아드님과 생전 어머니와의 삶은 고난의 연속이었다. 다리 펴고 누울 방 한 칸 없이 남의집살이를 전전하고 병든 어머니와 입에 풀칠을 하기 위해 8살 아들이 아이스케키 통을 들고 다니며 끼니를 구걸해야 했으니 그 쓰라린 고통이 어떠했을지 쉽게 짐작이 간다.

"그래도 지금은 행복합니다. 천금과 바꿀 수 없는 독립운동가 부모의 후손으로 그 어떤 어려운 시기에도 항상 정도(正道)를 걷기 위해 몸부림 친 세월이 결코 헛되지 않았다는 것을 새삼 느낍니다. 어머니의 건국포장으로 어느 정도 소원은 이뤄진 셈입니다. 하지만 아직 남은 일들이 있습니다. 작은 아버지 (차정석 지사)는 대통령표창(2017)에 그쳐서 작은 아버지의 활동 기록을 흥사단 쪽에 검토 중에 있습니다." 라고 말끝을 흐렸다.

모쪼록 차영조 선생께서 건강한 모습으로 차리석(1962년 독립장), 홍매영(2018년 건국포장) 부부 독립운동가와 차보석(2016년 애국장) 고모님, 차정석 (2017년 대통령표창) 작은 아버지의 독립운동 이야기를 오래도록 우리 곁에서 들려주었으면 하는 바람으로 전화 대담을 마쳤다.

* 이 글은 2018년 11월 19일, 인터넷신문〈우리문화신문〉에 실린 글임

참고문헌
(가나다순)

책

『간호사의 항일구국운동』대한간호협회, 박용옥 감수, 2012

『광주학생독립운동의 진상 : 朝鮮總督府 學務局의 光州學生事件에 대한 초기인식』장우권, 김홍길, 박성우, 정근하 편역, 동인출판문화원, 전남대학교 학생독립운동연구소, 2014

『김마리아: 나는 대한의 독립과 결혼하였다』박용옥. 홍성사, 2003

『나는 나 : 가네코 후미코 옥중 수기』가네코 후미코 지음, 조정민 옮김, 산지니, 2018

『나는 박열이다 : 일왕 폭살을 꾀한 어느 아나키스트의 뜨거운 삶의 연대기』전자책, 김삼웅 지음, 책뜨락, 2017

『대한민국독립운동공훈사』김후경·신재홍, 한국민족운동연구소, 1971

『대한민국독립유공인물록』국가보훈처, 1997

『대한민국임시정부사』이현희, 집문당, 1982

『독립운동사자료집』7·8·9·10·11·14권, 독립운동사편찬위원회1973·1974·1983

『미국 독립유공자 전집 '애국지사의 꿈'』민병용, 한인역사박물관, 2015

『미주이민100년』한국일보사 출판국, 민병용, 1986

『미주한인사회와 독립운동 = (The)independence movement and its outgrowth by Korean Americans. 1』조영근, 차종환, 안기식, 민병수, 정진철, 잔서, 박상원, 모종태, 민병용, 김복삼, 김영욱, 이광덕, Los Angeles 미주한인 이민 100주년 남가주기념사업회, 2003

『(국역) 박열 · 가네코 후미코 재판 기록』김창덕 번역, 박열의사기념사업회, 2017

『사진으로 보는 대한민국임시정부 1919~1945』대한민국임시정부기념사업회, 2017

『사진으로 보는 독립운동』상 · 하, 이규헌 해설, 서문당, 1987

『서간도에 들꽃 피다』(시로 읽는 여성독립운동가) 1~8권, 이윤옥, 도서출판 얼레

빗, 2011~2018

『수피아백년사』 1908~2008, 광주수피아여자중 · 고등학교, 2008

『숙명 칠십년사』 숙명여자중고등학교 편, 1976

『여성독립운동가 300인 인물사전』 이윤옥, 도서출판 얼레빗, 2018

『여성독립운동사 자료총서⟨1⟩』 3·1운동 편, 행정자치부 국가기록원, 2016

『이화100년사』 이화100년사편찬위원회, 이화여자대학교, 1994

『日帝侵略史韓國36年史(國史編纂委員會)』 제5권~13권 독립운동사편찬위원회

『정신백년사』 정신백년사출판위원회, 1989

『조국을 찾기까지』(1905-1945 韓國女性活動秘話) 上, 中, 下, 최은희, 탐구당, 1973

『조선을 위해 일생을 바친 : 후세 다츠지』오오이시 스스무 지음, 임희경, 지식여행, 2010

『재미한인오십년사』 캘리포니아, 김원용, 1959

『추계 최은희 전집』 1~3, 최은희, 최은희여기자상 관리위원회, 1991

『한국근대여성사 : 1905~1945 조국을 찾기까지. 상, 중, 하』 최은희, 최은희여기자상 관리위원회, 2003

『한국근대학생운동조직의 성격변화』 조동걸, 지식산업사, 1993

『한국기독교여성운동의 역사』1910년-1945년, 윤정란, 국학자료원, 2003

『한국독립운동의 진상』 C. W. 켄달 지음, 신복룡 역주, 집문당, 1999

『韓國獨立運動之血史』, 朴殷植 著, 成進文化社 1975

『한국여성독립운동사: 3·1운동 60주년 기념』 3·1여성동지회 문화부 편, 3·1여성동지회, 1980

『항일학생민족운동사연구』 정세현, 서울일지사, 1975

『ある弁護士の生涯』布施柑治, 岩波書店, 1963

『改訂版 弁護士布施辰治』大石進, 西田書店, 2011

신문

⟨김태복 지사⟩ 동아일보, 1933. 11. 29

〈김태복 지사〉조선중앙일보, 1933.11.28

〈내지(조선)의 독립단 소식 가운데 전주, 광주, 임실, 남원의 독립운동〉신한민보.1919.5.6

〈대구경북 여성 항일투사, 이 열두 분뿐이랴〉대구매일신문, 2015.8.14

〈목포만세사건〉동아일보, 1922.1.23

〈목포정명여학교 만세시위〉인터넷신문 우리문화신문, 2012.10.24

〈미국 로스앤젤레스 광복절은 독립운동가 후손들의 잔치〉인터넷신문 우리문화신문, 2018. 8. 13

〈소녀회 공판을 알리는 기사〉동아일보, 1930.9.30

〈신경애 지사〉조선중앙, 1934.3.10

〈여자애국총단 취임식〉신한민보.1933.4.20.

〈이화, 여학생 독립운동의 마중물 되다〉이화신문, 2012.11.5

〈장경례 지사〉인터넷신문 우리문화신문, 2018. 11. 1

〈최복순 지사〉동아일보, 1930.3.23

〈후세다츠지, 신인(新人)의 조선인상(朝鮮印象)〉동아일보, 1923. 8. 3

〈황영식 독립운동가 훈장 찾기까지〉국민일보, 1991. 4. 14

〈황영식 독립운동가〉인터넷신문 우리문화신문, 2018. 11. 8

〈홍매영 지사〉인터넷신문 우리문화신문, 2018.11.19

잡지와 논문

「가네코 후미코(金子文子)의 아나키즘 수용과 활동」김진웅, 충북대학교 대학원 석사논문, 2018.2

「광주학생독립운동의 전국 확산과 신간회」김철영, 전남대학교 대학원 석사논문, 2015.2

「대한민국 애국부인회의 항일 독립역군들 (전자자료)」: 제22회 한국여성독립운동사 학술연구발표회, 3·1여성동지회. 2016

「민중의 벗, 조선인 민중과 공감했던 후세 다츠지(布施辰治)」서민교, 독립기념관 통권 제324호, 2015

「일제강점기 여성 간호인의 독립운동에 관한 역사연구」김려화, 김미영, 대한간호
행정학회, 간호행정학지 제20권, 2호, 2014

「일제강점기 여학생 독립운동의 재조명」강대덕, 백석대학교 유관순연구소, 〈유관
순연구〉제21호. 2016

「중국에서 광주학생독립운동 지지운동 : 상해지역을 중심으로」김재기, 한국동북아
학회, 한국동북아논총. 제20권 제4호 통권77집, 2015.12.15

「하와이 한인 여성단체와 사진신부의 독립운동」홍윤정, 『여성과 역사』제 26집.
2014

「하와이 한인 移民과 독립운동 연구」오인철, 『비평문학』12월, 1998

「초기도미 이민자의 미국사회 자리잡기와 이중의 정체성」장규식, 『역사민속학』제
46호, 2013

인터넷

공훈전자사료관	http://e-gonghun.mpva.go.kr
국사편찬위원회 한국사데이터베이스	http://db.history.go.kr
국회전자도서관	http://www.nanet.go.kr
대한인국민회기념재단	https://knamf.org
독립운동관련 판결문	http://theme.archives.go.kr
부산문화역사대전	http://busan.grandculture.net
한국역대인물종합시스템	http://people.aks.ac.kr
한국위키피디어	http://ko.wikipedia.org
한국학중앙연구원	http://encykorea.aks.ac.kr

부록 1 이달의 독립운동가

1992년 1월 1일부터 ~ 2018년 12월까지

연도	1월	2월	3월	4월	5월	6월	7월	8월	9월	10월	11월	12월
1992	김상옥	편강렬	손병희	윤봉길	이상룡	지청천	이상재	서일	신규식	이봉창	이회영	나석주
1993	최익현	조만식	황병길	노백린	조명하	윤세주	나철	남자현	이인영	이장녕	정인보	오동진
1994	이원록	임병찬	한용운	양기탁	신팔균	백정기	이준	양세봉	안무	조성환	김학규	남궁억
1995	김지섭	최팔용	이종일	민필호	이진무	장진홍	전수용	김구	차이석	이강년	이진룡	조병세
1996	송종익	신채호	신석구	서재필	신익희	유일한	김하락	박상진	홍진	정인승	전명운	정이형
1997	노응규	양기하	박준승	송병조	김창숙	김순애	김영란	박승환	이남규	김약연	정태진	남정각
1998	신언준	민긍호	백용성	황병학	김인전	이원대	김마리아	안희제	장도빈	홍범도	신돌석	이윤재
1999	이의준	송계백	유관순	박은식	이범석	이은찬	주시경	김홍일	양우조	안중근	강우규	김동식
2000	유인석	노태준	김병조	이동녕	양진여	이종건	김한종	홍범식	오성술	이범윤	장태수	김규식
2001	기삼연	윤세복	이승훈	유림	안규홍	나창헌	김승학	정정화	심훈	유근	민영환	이재명
2002	곽재기	한훈	이필주	김혁	송학선	민종식	안재홍	남상덕	고이허	고광순	신숙	장건상
2003	김호	김중건	유여대	이시영	문일평	김경천	채기중	권기옥	김태원	기산도	오강표	최양옥
2004	허위	김병로	오세창	이강	이애라	문양목	권인규	홍학순	채재형	조시원	장지연	오의선
2005	최용신	최석순	김복한	이동휘	한성수	김동삼	채응언	안창호	조소앙	김좌진	황현	이상설
2006	유자명	이승희	신홍식	엄항섭	박차정	곽종석	강진원	박열	현익철	김철	송병선	이명하
2007	임치정	김광제 서상돈	권동진	손정도	조신성	이위종	구춘선	정환직	박시창	권득수	주기철	윤동주
2008	양한묵	문태수	장인환	김성숙	박재혁	김원식	안공근	유동열	윤희순	유동하	남상목	박동완
2009	우재룡	김도연	홍병기	윤기섭	양근환	윤병구	박자혜	박찬익	이종희	안명근	장석천	계봉우
2010	방한	민김상덕	차희식	염온동	오광심	김익상	이광민	이중언	권준	최현배	심남일	백일규
2011	신현구	강기동	이종훈	조완구	어윤희	조병준	홍언	이범진	나태섭	김규식	문석봉	김종진
2012	이갑	김석진	홍원식	김대지	지복영	김법린	여준	이만도	김동수	이희승	이석용	현정권
2013	이민화	한상렬	양전백	김붕준	차경신	김원국 김원범	헐버트	강영소	황학수	이성구	노병대	원심창
2014	김도현	구연영	전덕기	연병호	방순희	백초월	최중호	베델	나월환	한징	이경채	오면직
2015	황상규	이수흥	박인호	조지루 이스쇼	안경신	류인식	송헌주	연기우	이준식	이탁	이설	문창범
2016	조희제	한시대	스코필드	오영선	문창학	안승우	이신애	채광묵 채규대	나중소	나운규	이한응	최수봉
2017	이소응	이태준	권병덕	이상정	방정환	장덕준	조마리아	김수만	고운기	채상덕	이근주	김치보
2018	조지애쉬 모어피치	김규면	김원벽	윤현진	신건식 오건해	이대위	연미당	김교헌	최용덕	현천묵	조경환	유상근

※ 밑줄 그은 고딕 글씨는 여성독립운동가임

이름	한자	태어난날	숨진날	서훈일	훈격	독립운동계열
가네코 후미코	金子文子	1903.1.25	1926.7.23	2018	애국장	일본방면
강원신	康元信	1887	1977	1995	애족장	미주방면
강주룡	姜周龍	1901	1932. 6.13	2007	애족장	국내항일
강혜원	康蕙園	1886.11.21	1982. 5.31	1995	애국장	미주방면
강화선	康華善	1904.3.27	1979.10.16	2018	대통령표창	3·1운동
고수복	高壽福	1911	1933.7.28	2010	애족장	국내항일
고수선	高守善	1898. 8. 8	1989.8.11	1990	애족장	임시정부
고순례	高順禮	1911	모름	1995	건국포장	학생운동
공백순	孔佰順	1919. 2. 4	1998.10.27	1998	건국포장	미주방면
곽낙원	郭樂園	1859. 2.26	1939. 4.26	1992	애국장	중국방면
곽영선	郭永善	1902.3.1	1980.4.8	2018	애족장	3·1운동
곽진근	郭鎭根	1861	모름	1995	대통령표창	3·1운동
곽희주	郭喜主	1903.10.2	모름	2012	대통령표창	학생운동
구순화	具順和	1896. 7.10	1989. 7.31	1990	애족장	3·1운동
권기옥	權基玉	1903. 1.11	1988.4.19	1977	독립장	중국방면
권애라	權愛羅	1897. 2. 2	1973. 9.26	1990	애국장	3·1운동
권영복	權永福	1878.2.28	1965.4.4	2015	건국포장	미주방면
김건신	金健信	1868	모름	2018	대통령표창	국내항일
김경순	金敬順	1900.5.3	모름	2016	대통령표창	3·1운동
김경신	金敬信	1861	모름	2018	대통령표창	국내항일
김경화	金敬和	1901.7.18	모름	2018	대통령표창	학생운동
김경희	金慶喜	1888	1919. 9.19	1995	애국장	국내항일
김계정	金桂正	1914.1.3	모름	2018	대통령표창	국내항일
김공순	金恭順	1901. 8. 5	1988. 2. 4	1995	대통령표창	3·1운동
김귀남	金貴南	1904.11.17	1990. 1.13	1995	대통령표창	학생운동
김귀선	金貴先	1913.12.19	2005.1.26	1993	건국포장	학생운동
김금연	金錦嬿	1911.8.16	2000.11.4	1995	건국포장	학생운동
김나열	金羅烈	1907.4.16	2003.11.1	2012	대통령표창	학생운동
김나현	金羅賢	1902.3.23	1989.5.11	2005	대통령표창	3·1운동
김낙희	金樂希	1891	1967	2016	건국포장	미주방면

이름	한자	태어난날	숨진날	서훈일	훈격	독립운동계열
김난줄	金蘭茁	1904.6.1	1983.7.15	2015	대통령표창	3·1운동
김대순	金大順	1907	모름	2018	건국포장	미주방면
김덕세	金德世	1894.12.28	1977.5.5	2014	대통령표창	미주방면
김덕순	金德順	1901.8.8	1984.6.9	2008	대통령표창	3·1운동
김도연	金道演	1894.1.28.	1987.8.12	2016	건국포장	미주방면
김독실	金篤實	1897.9.24	1944.11.3	2007	대통령표창	3·1운동
김두석	金斗石	1915.11.17	2004.1.7	1990	애족장	문화운동
김락	金洛	1863.1.21	1929.2.12	2001	애족장	3·1운동
김마리아	金馬利亞	1903.9.5	1970.12.25	1990	애국장	만주방면
김마리아	金瑪利亞	1892.6.18	1944.3.13	1962	독립장	국내항일
김마리아	金瑪利亞	1903.3.1	모름	2018	대통령표창	학생운동
김반수	金班守	1904.9.19	2001.12.22	1992	대통령표창	3·1운동
김병인	金秉仁	1915.6.2	2012	2017	애족장	중국방면
김복선	金福善	1901.7.27	모름	2015	대통령표창	3·1운동
김봉식	金鳳植	1915.10.9	1969.4.23	1990	애족장	광복군
김봉애	金奉愛	1901.11.18	모름	2015	대통령표창	3·1운동
김석은	金錫恩	모름	모름	2018	대통령표창	미주방면
김성심	金誠心	1883	모름	2013	애족장	국내항일
김성일	金聖日	1898.2.17	1961	2010	대통령표창	3·1운동
김수현	金秀賢	1898.6.9	1985.3.25	2017	애족장	중국방면
김숙경	金淑卿	1886.6.20	1930.7.27	1995	애족장	만주방면
김숙영	金淑英	1920.5.22	2005.12.13	1990	애족장	광복군
김순도	金順道	1891	1928	1995	애족장	중국방면
김순실	金淳實	1903	모름	2018	대통령표창	3·1운동
김순애	金淳愛	1889.5.12	1976.5.17	1977	독립장	임시정부
김순이	金順伊	1903.7.18	1919.9.6	2014	애국장	3·1운동
김신희	金信熙	1899.4.16	1993.4.23	2010	대통령표창	3·1운동
김씨	金氏	1899	1919.4.15	1991	애족장	3·1운동
김씨	金氏	1877.10.13	1919.4.15	1991	애족장	3·1운동
김안순	金安淳	1900.3.24	1979.4.4	2011	대통령표창	3·1운동
김알렉산드라	숲알렉산드라	1885.2.22	1918.9.16	2009	애국장	노령방면
김양선	金良善	1880	모름	2018	대통령표창	국내항일
김애련	金愛蓮	1902.8.30	1996.11.5	1992	대통령표창	3·1운동
김연실	金蓮實	1898.1.16	모름	2015	건국포장	미주방면
김영순	金英順	1892.12.17	1986.3.17	1990	애족장	국내항일
김영실	金英實	모름	1945.10	1990	애족장	광복군
김오복	金五福	1897	모름	2018	대통령표창	국내항일

이름	한자	태어난날	숨진날	서훈일	훈격	독립운동계열
김옥련	金玉連	1907. 9. 2	2005.9.4	2003	건국포장	국내항일
김옥선	金玉仙	1923.12. 7	1996.4.25	1995	애족장	광복군
김옥실	金玉實	1906.11.18	1926.6.2	2012	대통령표창	학생운동
김온순	金溫順	1898.3.23	1968.1.31	1990	애족장	만주방면
김용복	金用福	1890	모름	2013	애족장	국내항일
김원경	金元慶	1898.11.13	1981.11.23	1990	애족장	임시정부
김윤경	金允經	1911. 6.23	1945.10.10	1990	애족장	임시정부
김응수	金應守	1901. 1.21	1979. 8.18	1995	대통령표창	3·1운동
김인애	金仁愛	1898.3.6	1970.11.20	2009	대통령표창	3·1운동
김자혜	金慈惠	1884.9.22	1961.11.22	2014	건국포장	미주방면
김점순	金点順	1861. 4.28	1941. 4.30	1995	대통령표창	국내항일
김정숙	金貞淑	1916. 1.25	2012.7.4	1990	애국장	광복군
김정옥	金貞玉	1920. 5. 2	1997.6.7	1995	애족장	광복군
김조이	金祚伊	1904.7.5	모름	2008	건국포장	국내항일
김종진	金鍾振	1903. 1.13	1962. 3.11	2001	애족장	3·1운동
김죽산	金竹山	1891	모름	2013	대통령표창	만주방면
김추신	金秋信	1908	모름	2018	건국포장	국내항일
김치현	金致鉉	1897.10.10	1942.10. 9	2002	애족장	국내항일
김태복	金泰福	1886	1933.11.24	2010	건국포장	국내항일
김필수	金必壽	1905.4.21	1972.12.4	2010	애족장	국내항일
김해중월	金海中月	모름	모름	2015	대통령표창	3·1운동
김향화	金香花	1897.7.16	모름	2009	대통령표창	3·1운동
김현경	金賢敬	1897. 6.20	1986.8.15	1998	건국포장	3·1운동
김화순	金華順	1894.9.21	모름	2016	대통령표창	3·1운동
김화용	金花容	모름	모름	2015	대통령표창	3·1운동
김화자	金花子	1897	모름	2018	대통령표창	국내항일
김효숙	金孝淑	1915. 2.11	2003.3.24	1990	애국장	광복군
김효순	金孝順	1902.7.23	모름	2015	대통령표창	3·1운동
나은주	羅恩周	1890. 2.17	1978. 1. 4	1990	애족장	3·1운동
남자현	南慈賢	1872.12.7	1933.8.22	1962	대통령장	만주방면
남협협	南俠俠	1913	모름	2013	건국포장	학생운동
노보배	盧寶培	1910	모름	2018	대통령표창	학생운동
노순경	盧順敬	1902.11.10	1979. 3. 5	1995	대통령표창	3·1운동
노영재	盧英哉	1895. 7.10	1991.11.10	1990	애국장	중국방면
노예달	盧禮達	1900.10.12	모름	2014	대통령표창	3·1운동
동풍신	董豊信	1904	1921.3.15	1991	애국장	3·1운동
두쥔훼이	杜君慧	1904	1981	2016	애족장	독립운동지원

이름	한자	태어난날	숨진날	서훈일	훈격	독립운동계열
문복금	文卜今	1905.12.13	1937. 5.22	1993	건국포장	학생운동
문복숙	文福淑	1901. 3. 8	모름	2018	대통령표창	3·1운동
문응순	文應淳	1900.12.4	모름	2010	건국포장	3·1운동
문재민	文載敏	1903. 7.14	1925.12.	1998	애족장	3·1운동
미네르바 구타펠	M.L. Guthapfel	1873	1942	2015	건국포장	미주방면
민영숙	閔泳淑	1920.12.27	1989.3.17	1990	애국장	광복군
민영주	閔泳珠	1923.8.15	생존	1990	애국장	광복군
민옥금	閔玉錦	1905. 9. 5	1988.12.25	1990	애족장	3·1운동
박계남	朴繼男	1910. 4.25	1980. 4.27	1993	건국포장	학생운동
박금녀	朴金女	1926.10.21	1992.7.28	1990	애족장	광복군
박기은	朴基恩	1925. 6.15	2017.1.7	1990	애족장	광복군
박복술	朴福述	1903.8.30	모름	2012	대통령표창	학생운동
박성순	朴聖淳	1901.4.12	모름	2016	대통령표창	3·1운동
박성희		1911	모름	2018	대통령표창	3·1운동
박순애	朴順愛	1900.2.2	모름	2014	대통령표창	3·1운동
박승일	朴昇一	1896.9.19	모름	2013	애족장	국내항일
박시연	朴時淵	모름	모름	2018	애족장	3·1운동
박신애	朴信愛	1889. 6.21	1979. 4.27	1997	애족장	미주방면
박신원	朴信元	1872	1946. 5.21	1997	건국포장	만주방면
박양순	朴良順	1903.4.13	모름	2018	대통령표창	학생운동
박애순	朴愛順	1896.12.23	1969. 6.12	1990	애족장	3·1운동
박연이	朴連伊	1900.2.20	1945.4.7	2015	대통령표창	3·1운동
박영숙	朴永淑	1891.7.20	1965	2017	건국포장	미주방면
박옥련	朴玉連	1914.12.12	2004.11.21	1990	애족장	학생운동
박우말례	朴又末禮	1902.3.13	1986.12.7	2011	대통령표창	3·1운동
박원경	朴源炅	1901.8.19	1983.8.5	2008	애족장	3·1운동
박원희	朴元熙	1898.3.10	1928.1.15	2000	애족장	국내항일
박은감	朴恩感	1857	모름	2018	대통령표창	국내항일
박음전	朴陰田	1907.4.14	모름	2012	대통령표창	학생운동
박자선	朴慈善	1880.10.27	모름	2010	애족장	3·1운동
박자혜	朴慈惠	1895.12.11	1944.10.16	1990	애족장	국내항일
박재복	朴在福	1918.1.28	1998.7.18	2006	애족장	국내항일
박정금		모름	모름	2018	애족장	미주방면
박정선	朴貞善	1874	모름	2007	애족장	국내항일
박정수	朴貞守	1901.3.8	모름	2015	대통령표창	3·1운동
박차정	朴次貞	1910. 5. 7	1944. 5.27	1995	독립장	중국방면

이름	한자	태어난날	숨진날	서훈일	훈격	독립운동계열
박채희	朴采熙	1913.7.5	1947.12.1	2013	건국포장	학생운동
박치은	朴致恩	1886. 6.17	1954.12. 4	1990	애족장	국내항일
박하경	朴夏卿	1904.12.29	모름	2018	대통령표창	학생운동
박현숙	朴賢淑	1896.10.17	1980.12.31	1990	애국장	국내항일
박현숙	朴賢淑	1914.3.28	1981.1.23	1990	애족장	학생운동
방순희	方順熙	1904.1.30	1979.5.4	1963	독립장	임시정부
백신영	白信永	1889.7.8	모름	1990	애족장	국내항일
백옥순	白玉順	1913.7.30	2008.5.24	1990	애족장	광복군
백운옥	白雲玉	1892.1.14	모름	2017	대통령표창	국내항일
부덕량	夫德良	1911.11.5	1939.10.4	2005	건국포장	국내항일
부춘화	夫春花	1908. 4. 6	1995. 2.24	2003	건국포장	국내항일
성혜자	成惠子	1904.8.27	모름	2018	대통령표창	학생운동
소은명	邵恩明	1905.6.12	모름	2018	대통령표창	학생운동
소은숙	邵恩淑	1903.11.7	모름	2018	대통령표창	학생운동
송금희	宋錦姬	모름	모름	2015	대통령표창	3·1운동
송명진	宋明進	1902.1.28	모름	2015	대통령표창	3·1운동
송미령	宋美齡	1897.3.5	2003.10.23	1966	대한민국장	독립운동지원
송성겸	宋聖謙	1877	모름	2018	건국포장	국내항일
송수은	宋受恩	1882.9.12	1922.7.5	2013	대통령표창	국내항일
송영집	宋永潗	1910. 4. 1	1984.5.14	1990	애국장	광복군
송정헌	宋靜軒	1919.1.28	2010.3.22	1990	애족장	중국방면
신경애	申敬愛	1907.9.22	1964.5.13	2008	건국포장	국내항일
신관빈	申寬彬	1885.10.4	모름	2011	애족장	3·1운동
신마실라	申麻實羅	1892.2.18	1965.4.1	2015	대통령표창	미주방면
신분금	申分今	1886.5.21	모름	2007	대통령표창	3·1운동
신순호	申順浩	1922. 1.22	2009.7.30	1990	애국장	광복군
신의경	辛義敬	1898. 2.21	1997.8.11	1990	애족장	국내항일
신정균	申貞均	1899	1931.7	2007	건국포장	국내항일
신정숙	申貞淑	1910. 5.12	1997.7.8	1990	애국장	광복군
신정완	申貞婉	1916. 4. 8	2001.4.29	1990	애국장	임시정부
신창희	申昌喜	1906.2.22	1990.6.21	2018	건국포장	중국방면
신특실	申特實	1900.3.17	모름	2014	건국포장	3·1운동
심계월	沈桂月	1916.1.6	모름	2010	애족장	국내항일
심순의	沈順義	1903.11.13	모름	1992	대통령표창	3·1운동
심영식	沈永植	1896.7.15	1983.11.7	1990	애족장	3·1운동
심영신	沈永信	1882.7.20	1975. 2.16	1997	애국장	미주방면
안경신	安敬信	1888.7.22	모름	1962	독립장	만주방면

이름	한자	태어난날	숨진날	서훈일	훈격	독립운동계열
안맥결	安麥結	1901.1.4	1976.1.14	2018	건국포장	국내항일
안애자	安愛慈	1869	모름	2006	애족장	국내항일
안영희	安英姬	1925.1.4	1999.8.27	1990	애국장	광복군
안옥자	安玉子	1902.10.26	모름	2018	대통령표창	학생운동
안인대	安仁大	1898.10.11	모름	2017	애족장	국내항일
안정석	安貞錫	1883.9.13	모름	1990	애족장	국내항일
안희경	安喜敬	1902.8.10	모름	2018	대통령표창	학생운동
양방매	梁芳梅	1890.8.18	1986.11.15	2005	건국포장	의병
양순희	梁順喜	1901.9.9	모름	2016	대통령표창	3·1운동
양제현	梁齊賢	1892	1959.6.15	2015	애족장	미주방면
양진실	梁眞實	1875	1924.5	2012	애족장	국내항일
어윤희	魚允姬	1880. 6.20	1961.11.18	1995	애족장	3·1운동
엄기선	嚴基善	1929. 1.21	2002.12.9	1993	건국포장	중국방면
연미당	延薇堂	1908. 7.15	1981.1.1	1990	애국장	중국방면
오건해	吳健海	1894.2.29	1963.12.25	2017	애족장	중국방면
오광심	吳光心	1910. 3.15	1976. 4. 7	1977	독립장	광복군
오신도	吳信道	1852.4.18	1933.9.5	2006	애족장	국내항일
오영선	吳英善	1887.4.29	1961.2.8	2016	애족장	중국방면
오정화	吳貞嬅	1899.1.25	1974.11.1	2001	대통령표창	3·1운동
오항선	吳恒善	1910.10. 3	2006.8.5	1990	애국장	만주방면
오희영	吳姬英	1924.4.23	1969.2.17	1990	애족장	광복군
오희옥	吳姬玉	1926.5.7	생존	1990	애족장	중국방면
옥순영	玉淳永	1856	모름	2018	대통령표창	국내항일
옥운경	玉雲瓊	1904.6.24	모름	2010	대통령표창	3·1운동
왕경애	王敬愛	1863	모름	2006	대통령표창	3·1운동
유관순	柳寬順	1902.12.16	1920.9.28	1962	독립장	3·1운동
유순희	劉順姬	1926.7.15	생존	1995	애족장	광복군
유예도	柳禮道	1896.8.15	1989.3.25	1990	애족장	3·1운동
유인경	俞仁卿	1896.10.20	1944.3.2	1990	애족장	국내항일
유점선	劉點善	1901.11.5	모름	2014	대통령표창	3·1운동
윤경열	尹敬烈	1918.2.29	1980.2.7	1982	대통령표창	광복군
윤선녀	尹仙女	1911. 4.18	1994.12.6	1990	애족장	국내항일
윤악이	尹岳伊	1897.4.17	1962.2.26	2007	대통령표창	3·1운동
윤오례	尹五禮	1913.2.12	1992.4.21	2018	대통령표창	학생운동
윤용자	尹龍慈	1890.4.30	1964.2.3	2017	애족장	중국방면
윤찬복	尹贊福	1868.1.5	1946.6.19	1990	애족장	국내항일
윤천녀	尹天女	1908. 5.29	1967. 6.25	1990	애족장	학생운동

이름	한자	태어난날	숨진날	서훈일	훈격	독립운동계열
윤형숙	尹亨淑	1900.9.13	1950. 9.28	2004	건국포장	3·1운동
윤희순	尹熙順	1860.6.25	1935. 8. 1	1990	애족장	의병
이갑문	李甲文	1913.8.28	모름	2018	건국포장	학생운동
이겸양	李謙良	1895.10.24	모름	2013	애족장	국내항일
이관옥	李觀沃	1875	모름	2018	대통령표창	국내항일
이광춘	李光春	1914.9.8	2010.4.12	1996	건국포장	학생운동
이국영	李國英	1921. 1.15	1956. 2. 2	1990	애족장	임시정부
이금복	李今福	1912.11.8	2010.4.25	2008	대통령표창	국내항일
이남순	李南順	1904.12.30	모름	2012	대통령표창	학생운동
이도신	李道信	1902.2.21	1925.9.30	2015	대통령표창	3·1운동
이동화	李東華	1910	모름	2018	대통령표창	학생운동
이명시	李明施	1902.2.2	1974.7.7	2010	대통령표창	3·1운동
이벽도	李碧桃	1903.10.14	모름	2010	대통령표창	3·1운동
이병희	李丙禧	1918.1.14	2012.8.2	1996	애족장	국내항일
이살눔 (이경덕)	李살눔	1886. 8. 7	1948. 8.13	1992	대통령표창	3·1운동
이석담	李石潭	1859	1930. 5	1991	애족장	국내항일
이선경	李善卿	1902.5.25	1921.4.21	2012	애국장	국내항일
이성례	李聖禮	1884	1963	2015	건국포장	미주방면
이성완	李誠完	1900.12.10	1996.4.4	1990	애족장	국내항일
이소선	李小先	1900.9.9	모름	2008	대통령표창	3·1운동
이소열	李小烈	1898.8.10	1968.10.15	2018	대통령표창	3·1운동
이소제	李少悌	1875.11. 7	1919. 4. 1	1991	애국장	3·1운동
이소희	李昭姬	1886	모름	2016	대통령표창	3·1운동
이수희	李壽喜	1904.10.21	모름	2018	대통령표창	학생운동
이숙진	李淑珍	1900.9.24	모름	2017	애족장	중국방면
이순승	李順承	1902.11.12	1994.1.15	1990	애족장	중국방면
이신애	李信愛	1891.1.20	1982.9.27	1963	독립장	국내항일
이아수	李娥洙	1898. 7.16	1968. 9.11	2005	대통령표창	3·1운동
이애라	李愛羅	1894.1.7	1922.9.4	1962	독립장	만주방면
이옥진	李玉珍	1923.10.18	2003.9.4	1968	대통령표창	광복군
이월봉	李月峰	1915.2.15	1977.10.28	1990	애족장	광복군
이은숙	李恩淑	1889.8.8	1979.12.11	2018	애족장	만주방면
이의순	李義橓	1895	1945. 5. 8	1995	애국장	중국방면
이인순	李仁橓	1893	1919.11	1995	애족장	만주방면
이정숙	李貞淑	1896.3.9	1950.7.22	1990	애족장	국내항일
이태옥	李泰玉	1902.10.15	모름	2016	대통령표창	3·1운동

이름	한자	태어난날	숨진날	서훈일	훈격	독립운동계열
이헌경	李憲卿	1870	1956.1.30	2017	애족장	중국방면
이혜경	李惠卿	1889.2.22	1968.2.10	1990	애족장	국내항일
이혜련	李惠鍊	1884.4.21	1969.4.21	2008	애족장	미주방면
이혜수	李惠受	1891.10.2	1961. 2. 7	1990	애국장	의열투쟁
이화숙	李華淑	1893	1978	1995	애족장	임시정부
이효덕	李孝德	1895.1.24	1978.9.15	1992	대통령표창	3·1운동
이효정	李孝貞	1913.7.28	2010.8.14	2006	건국포장	국내항일
이희경	李희경	1894. 1. 8	1947. 6.26	2002	건국포장	미주방면
임경애	林敬愛	1911.3.10	2004.2.12	2014	대통령표창	학생운동
임메불	林메불	1886	모름	2016	애족장	미주방면
임명애	林明愛	1886.3.25	1938.8.28	1990	애족장	3·1운동
임봉선	林鳳善	1897.10.10	1923. 2.10	1990	애족장	3·1운동
임성실	林成實	1882.7.19	1947.8.30	2015	건국포장	미주방면
임소녀	林少女	1908. 9.24	1971.7.9	1990	애족장	광복군
임수명	任壽命	1894.2.15	1924.11.2	1990	애국장	의열투쟁
임진실	林眞實	1899.8.1	모름	2015	대통령표창	3·1운동
장경례	張慶禮	1913. 4. 6	1998.2.19	1990	애족장	학생운동
장경숙	張京淑	1903. 5.13	1994.12.31	1990	애족장	광복군
장매성	張梅性	1911.6.22	1993.12.14	1990	애족장	학생운동
장선희	張善禧	1894. 2.19	1970. 8.28	1990	애족장	국내항일
장태화	張泰嬅	1878	모름	2013	애족장	만주방면
전수산	田壽山	1894. 5.23	1969. 6.19	2002	건국포장	미주방면
전월순	全月順	1923. 2. 6	2009.5.25	1990	애족장	광복군
전창신	全昌信	1900. 1.24	1985. 3.15	1992	대통령표창	3·1운동
전흥순	田興順	1919.12.10	2005.6.19	1963	대통령표창	광복군
정금자	鄭錦子	모름	모름	2018	대통령표창	학생운동
정막래	丁莫來	1899.9.8	1976.12.24	2008	대통령표창	3·1운동
정복수	鄭福壽	1903	모름	2018	대통령표창	3·1운동
정수현	鄭壽賢	1887	모름	2016	대통령표창	국내항일
정영	鄭瑛	1922.10.11	2009.5.24	1990	애족장	중국방면
정영순	鄭英淳	1921. 9.15	2002.12.9	1990	애족장	광복군
정월라	鄭月羅	1895	1959.1.1	2018	대통령표창	미주방면
정정화	鄭靖和	1900. 8. 3	1991.11.2	1990	애족장	중국방면
정종명	鄭鍾鳴	1896.3.5.	모름	2018	애국장	국내항일
정찬성	鄭燦成	1886. 4.23	1951.7	1995	애족장	국내항일
정현숙	鄭賢淑	1900. 3.13	1992. 8. 3	1995	애족장	중국방면
제영순	諸英淳	1911	모름	2018	건국포장	국내항일

이름	한자	태어난날	숨진날	서훈일	훈격	독립운동계열
조계림	趙桂林	1925.10.10	1965.7.14	1996	애족장	임시정부
조마리아	趙마리아	1862.4.8	1927.7.15	2008	애족장	중국방면
조복금	趙福今	1911.7.7	모름	2018	애족장	국내항일
조순옥	趙順玉	1923. 9.17	1973. 4.23	1990	애국장	광복군
조신성	趙信聖	1873	1953.5.5	1991	애국장	국내항일
조아라	曹亞羅	1912.3.28	2003.7.8	2008	건국포장	국내항일
조애실	趙愛實	1920.11.17	1998.1.7	1990	애족장	국내항일
조옥희	曹玉姬	1901. 3.15	1971.11.30	2003	대통령표창	3·1운동
조용제	趙鏞濟	1898. 9.14	1947. 3.10	1990	애족장	중국방면
조인애	曹仁愛	1883.11. 6	1961. 8. 1	1992	대통령표창	3·1운동
조충성	曹忠誠	1895.5.29	1981.10.25	2005	대통령표창	3·1운동
조화벽	趙和璧	1895.10.17	1975. 9. 3	1990	애족장	3·1운동
주세죽	朱世竹	1899.6.7	1950	2007	애족장	국내항일
주순이	朱順伊	1900.6.17	1975.4.5	2009	대통령표창	국내항일
주유금	朱有今	1905.5.6	1995.9.14	2012	대통령표창	학생운동
지복영	池復榮	1920.4.11	2007.4.18	1990	애국장	광복군
진신애	陳信愛	1900.7. 3	1930.2.23	1990	애족장	3·1운동
차경신	車敬信	1892.2.4	1978.9.28	1993	애국장	만주방면
차미리사	車美理士	1880. 8.21	1955. 6. 1	2002	애족장	국내항일
차보석	車寶錫	1892	1932.3.21	2016	애족장	미주방면
차인재	車仁載	1895.4.26	1971.4.7	2018	애족장	미주방면
채애요라 (채혜수)	蔡愛堯羅	1897.11.9	1978.12.17	2008	대통령표창	3·1운동
최갑순	崔甲順	1898. 5.11	1990.11.22	1990	애족장	국내항일
최금봉	崔錦鳳	1896. 5. 6	1983.11.7	1990	애국장	국내항일
최금수	崔金洙	1899	모름	2018	대통령표창	3·1운동
최문순	崔文順	1903	모름	2018	대통령표창	국내항일
최복길	崔福吉	1894	모름	2018	애족장	국내항일
최복순	崔福順	1911.1.13	모름	2014	대통령표창	학생운동
최봉선	崔鳳善	1904.8.10	1996.3.8	1992	애족장	국내항일
최서경	崔曙卿	1902.3.20	1955.7.16	1995	애족장	임시정부
최선화	崔善嬅	1911.6.20	2003.4.19	1991	애국장	임시정부
최성반	崔聖盤	1914.12.22	모름	2018	대통령표창	학생운동
최수향	崔秀香	1903.1.27	1984.7.25	1990	애족장	3·1운동
최순덕	崔順德	1897	1926. 8.25	1995	애족장	국내항일
최애경	崔愛敬	1902	모름	2018	대통령표창	3·1운동
최예근	崔禮根	1924. 8.17	2011.10.5	1990	애족장	만주방면

이름	한자	태어난날	숨진날	서훈일	훈격	독립운동계열
최요한나	崔堯漢羅	1900.8.3	1950.8.6	1999	대통령표창	3·1운동
최용신	崔容信	1909. 8.12	1935. 1.23	1995	애족장	국내항일
최윤숙	崔允淑	1912.9.22	2000.6.17	2017	대통령표창	학생운동
최은전	崔殷田	1913	모름	2018	대통령표창	학생운동
최은희	崔恩喜	1904.11.21	1984. 8.17	1992	애족장	3·1운동
최이옥	崔伊玉	1926. 6.16	1990.7.12	1990	애족장	광복군
최정숙	崔貞淑	1902. 2.10	1977.2.22	1993	대통령표창	3·1운동
최정철	崔貞徹	1853.6.26	1919.4.1	1995	애국장	3·1운동
최형록	崔亨祿	1895. 2.20	1968. 2.18	1996	애족장	임시정부
최혜순	崔惠淳	1900.9.2	1976.1.16	2010	애족장	임시정부
탁명숙	卓明淑	1900.12.4	1972.10.24	2013	건국포장	3·1운동
하란사 (김란사)	河蘭史	1875	1919. 4.10	1995	애족장	국내항일
한성선	韓成善	1864.4.29	1950.1.4	2015	애족장	미주방면
하영자	河永子	1903. 6.27	1993.10.1	1996	대통령표창	3·1운동
한덕균	韓德均	1896	모름	2018	대통령표창	국내항일
한도신	韓道信	1895.7.5	1986.2.19	2018	애족장	중국방면
한영신	韓永信	1887.7.22	1969.2.20	1995	애족장	국내항일
한영애	韓永愛	1920.9.9	2002.2.1	1990	애족장	광복군
한이순	韓二順	1906.11.14	1980.1.31	1990	애족장	3·1운동
함연춘	咸鍊春	1901.4.8	1974.5.25	2010	대통령표창	3·1운동
함용환	咸用煥	1895.3.10	모름	2014	애족장	국내항일
허은	許銀	1907.1.3	1997.5.19	2018	애족장	만주방면
현도명	玄道明	1875	모름	2018	대통령표창	국내항일
홍매영	洪梅英	1913.5.15	1979.5.6	2018	건국포장	중국방면
홍순남	洪順南	1902.6.13	모름	2016	대통령표창	3·1운동
홍승애	洪承愛	1901.6.29	1978.11.17	2018	대통령표창	3·1운동
홍씨	韓鳳周妻	모름	1919.3.3	2002	애국장	3·1운동
홍애시덕	洪愛施德	1892.3.20	1975.10.8	1990	애족장	국내항일
황금순	黃金順	1902.10.15	1964.10.20	2015	애족장	3·1운동
황마리아	黃마리아	1865	1937.8.5	2017	애족장	미주방면
황보옥	黃寶玉	1872	모름	2012	대통령표창	국내항일
황애시덕	黃愛施德	1892.4.19	1971.8.24	1990	애국장	국내항일

※ 이 표는 국가보훈처 공훈전자사료관의 독립유공자 자료를 바탕으로 글쓴이가 정리 한 것임

이윤옥 시인의 야심작 친일문학인 풍자시집

사쿠라 불나방

"영욕에 초연하여 그윽이 돌 앞을 보니 / 꽃은 피었다 지고 머무름에 얽매이지 않는다. 맑은 창공 밝은 달 아래 마음껏 날아다닐 수 있어도 / 불나비는 유독 촛불만 쫓고 맑은 물 푸른 숲에 먹을 것 가득하건만 수리는 유난히도 썩은 쥐를 즐긴다 아! 세상에 불나비와 수리 아닌 자 얼마나 될 것인고?"

이 시집에는 모두 20명의 문학인이 나온다. 이들을 고른 기준은 2002년 8월 14일 민족문학작가회의, 민족문제연구소, 계간 〈실천문학〉, 나라와 문화를 생각하는 국회의원 모임, 민족정기를 세우는 국회의원모임이 공동 발표한 문학 분야 친일 인물 42인의 명단 가운데 지은이가 1차로 뽑은 20명을 대상으로 했다. 글 차례는 다음과 같다.

차 례 (가나다순)

※ 교보, 영풍, 예스24, 반디앤루이스, 알라딘, 인터파크 서점에서 구입하거나 도서출판얼레빗 〈전화 02-733-5027, 전송 02-733-5028〉에서 주문하실 수 있습니다. (대량 구입 시 문의 바랍니다)

전국 100 여 곳 언론에서 극찬한
이윤옥 시인의 『서간도에 들꽃 피다』제1권

외로운 만주벌판 찬이슬 거센 바람속에서도
결코쓰러지지않는 들꽃같은 생명력으로
조국광복의 밑거름이 된 여성독립운동가들의 이야기

차 례 (가나다순)

※ 교보, 영풍, 예스24, 반디앤루이스, 알라딘, 인터파크 서점에서 구입하거나 도서출판얼레빗
〈전화 02-733-5027, 전송 02-733-5028〉에서 주문하실 수 있습니다.
(대량 구입 시 문의 바랍니다)

전국 100 여 곳 언론에서 극찬한
이윤옥 시인의 『서간도에 들꽃 피다』 제2권

차 례 (가나다순)

전국 100 여 곳 언론에서 극찬한
이윤옥 시인의 『서간도에 들꽃 피다』 제3권

차 례 (가나다순)

전국 100 여 곳 언론에서 극찬한
이윤옥 시인의 『서간도에 들꽃 피다』 제4권

차 례 (가나다순)

전국 100 여 곳 언론에서 극찬한
이윤옥 시인의 『서간도에 들꽃 피다』 제5권

차 례 (가나다순)

전국 100여 곳 언론에서 극찬한
이윤옥 시인의 『서간도에 들꽃 피다』 제7권

차 례 (가나다순)

전국 100여 곳 언론에서 극찬한

이윤옥 시인의 『서간도에 들꽃 피다』 제8권

차 례 (가나다순)

전국 100 여 곳 언론에서 극찬한
이윤옥 시인의 『서간도에 들꽃 피다』 제9권

차 례 (가나다순)

영어·일본어·한시로 번역한 항일여성독립운동가 30인의 시와 그림 책

《나는 여성독립운동가다》인기리에 판매 중!

이윤옥 시인이 쓴 여성독립운동가를 기리는 시에 이무성 한국화가의 정감 어린 그림으로 엮은《나는 여성독립운동가다》에는 30명의 여성독립운동 가들을 다루고 있으며 이들 시는 영어, 일본어, 한시 번역으로 되어있다.

차 례 (가나다순)

여러분의 후원
진심으로 고맙습니다.

이 책을 펴내는데 경비를 보태주신 여러 선생님께 진심으로 고개 숙여 감사 말씀 올립니다. 여러 선생님들의 도움으로 『서간도에 들꽃 피다』 〈10〉권이 세상에 나왔습니다. 다음은 2018년 10월 1일부터 2019년 1월 10일까지 〈신한은행 110-323-678517 도서출판 얼레빗(이윤옥)〉으로 입금해 주신 분들입니다. (가나다순, 존칭과 직함 생략)

권영혁	김병연	김성열	김순흥	김민자	김영준
김찬수	김현주	다와라기하루미		류현선	리학효
신순애	양인선	이윤복	이준영	최서영(김호성)	
황명하					

거듭 고개 숙여 여러 선생님들의 아낌없는 후원과 사랑에 감사드립니다.

한 권의 책값도 소중히 여기겠습니다.

후원계좌 : 신한은행 110-323-678517(이윤옥 : 도서출판 얼레빗)

※ 특별히 〈10〉권 펴냄에
    양인선, 이준영 님 모자(母子)께서 큰 도움을 주셨습니다.

제10권

초판 1쇄 펴낸 날 | 4352(2019)년 1월 25일

지 은 이 | 이윤옥
표지디자인 | 이무성
편집디자인 | 허수영
박 은 곳 | 최문상 〈인화씨앤피〉
펴 낸 곳 | 도서출판 얼레빗
등 록 일 자 | 단기 4343년(2010) 5월 28일
등 록 번 호 | 제000067호
주　　　소 | 서울시 영등포구 영신로 32 그린오피스텔 306호
전 화 번 호 | 02-733-5027
팩 스 번 호 | 02-733-5028
누 리 편 지 | pine9969@hanmail.net

ISBN | ISBN 979-11-85776-12-5
ISBN 978-89-964593-4-7 (세트)

값 12,000